ベリーズ文庫

双子パパは今日も最愛の手を緩めない
～再会したパイロットに全力で甘やかされています～

白亜凛

STARTS
スターツ出版株式会社

目次

双子パパは今日も最愛の手を緩めない
～再会したパイロットに全力で甘やかされています～

プロローグ

吸い込まれそうな群青色の夜。薄雲が流れる空を、飛行機が飛んでいた。

『実は俺、パイロットなんだ』

そう言いながら、彼は目を細めて空を見つめていた。

あの日の彼の横顔を、私はどうして見失ってしまったんだろう。

宝物のように、私の頬を撫でる彼の優しさは、いっときの幻なんかじゃなかったはずだ。

『茉莉、俺はお前が好きだ。多分、お前が想像する以上にな』

そう言って重ねる唇から伝わる熱が、冷める日なんてくるはずがないと、信じて疑わなかったのに。

どうして手放してしまったのかな。

彼を心から愛していたのに。

心から愛されていたはずなのに――。

きゅっと胸が苦しくなって目が覚めた。

見慣れた天井に、ホッとして胸を撫で下ろす。

夢か……。

ため息とともに左を向けば、子どもたちの寝顔がある。

レースのカーテンを透(とお)った穏やかな光が、すやすやと眠る小さな顔に降り注いでいた。このかわいい寝顔を見守っているうちに、眠ってしまったようだ。

ポカンと開いた口がかわいくてクスッと笑う。

肌掛けを直してあげて、子どもたちを起こさないようそっとベッドから下りる。

壁の時計を見ると午後の二時半。寝かしつけてから三十分が過ぎていた。

忍び足で寝室を出て、乱れた髪のゴムを外し、手櫛(てぐし)でまとめながらキッチンに向かう。乾いた喉を潤すべく冷蔵庫からミネラルウォーターを取り出し、ゴクリと飲んでひと息つく。

ふと菓子折りを思い出し、冷凍庫を開けた。

昨日、母が持ってきた和菓子の手土産だ。半分食べて、まだ半分残っている。

母が手掛けた新作だという菓子は女性や子ども向けらしく、小鳥や動物の形をしていてかわいらしい。和菓子職人としての腕も上げたようで、味も甘すぎずあっさりとして、とても美味しかった。

食べてみようかと一度は取り出したが、なんとなく食欲が湧かず、そのまま冷凍庫に戻す。

食べる気になれなかったわけは、さっきの夢のせい。

もうすっかり忘れたはずなのに……。

胸の奥に沈んでいたはずの滓が、ゆらゆらと心を濁す。

遠い記憶

私の実家は金沢にある老舗『卯さ来』という和菓子屋だ。ここは東京。店を手伝っている母とは滅多に会えない。

昨日、一年ぶりに上京した母は縁談を持ってきた。

『うちのお客様だから知っている方なんだけど、いい人なの。資産家だから経済的な心配もいらないし、ご両親とは同居しなくていいんですって』

私、鶴見茉莉は二十八歳のシングルマザー。もうすぐ二歳になる子ども、大空と翔真という双子の男の子がいる。

結婚なんてまったく考えていなかったが、母が言った最後の言葉に、心が揺れた。

『子どもたちが小さいうちなら、きっと懐くわ。優しい方だから』

自分の気持ちだけなら、この先ずっと結婚しなくていい。とはいえ子どもたちの将来を考えるとそうも言っていられない。

結局、簡単には断れなかった。

『少し考えさせて』

『わかったわ。じっくり考えてみなさい』

テーブルに置いたままになっている白い封筒をぼんやりと見つめ、ため息交じりに手に取った。

お相手の方は老舗旅館の若旦那。前の奥様は病気で死別。四十五歳。写真の彼は和服を着ている。身体的特徴は、右目にやや目立つ泣きぼくろがあることくらい。年齢よりも若く見える普通に素敵な人だ。

ひと回り以上年上なのは別にいいとして、老舗か……。

卯さ来は老舗だけにしきたりが厳しく、とても苦労した。私が母の連れ子だったのもあるが、そのつらい経験ゆえに老舗とか資産家と聞くと、どうしても抵抗があり、暗い気持ちになってしまう。

でも、同じ苦労をした母が太鼓判を押すのだから、心配はないのかもしれない。従業員の評判も悪くないというし、ご両親と別居でいいなら、なんとかやっていけるのだろうか。

ただ、この写真を見ても心が一ミリも動かないのはどうなんだろう。

お見合いってそういうものなのかな。

私の好みの男性ってどんな人だっけと考えてみる。まずは優しい人。頼もしくて、にこやかな人。それから見た目はと考えて、ふいに〝彼〟が脳裏に浮かぶ。

ハッとして息を呑んだ。

さっきの夢のせいに違いない。慌てて左右に首を振り、微笑む彼の残像を消す。

彼と比較してはいけない。彼は性格がいいだけじゃなくて、恐ろしいほど端正な顔立ちだった。そんな人と比べたら誰でも霞んでしまう。

写真と身上書を封筒に戻し、ボトルの水をもうひと口飲む。

さて、と。気を取り直して伸びをした。

今日は仕事がお休みだ。

子どもたちがお昼寝をするこの時間は、私だけの貴重な時間である。いつもならハーブティでも飲みながら、好きなことをして過ごす。

イヤホンをつけて映画の続きを見るとか、音が出ない家事をしたり、お菓子を焼いたりするのに、今日はダメだ。なにをする気にもなれない。

ぼんやりとしたままスマートフォンを手に取った。

何気なく開いたのは画像アプリ。子どもたちの写真が並んでいて、おのずと顔が綻んでくる。

寝起きで髪がぐしゃぐしゃのまま、ぼーっとしていたり、オムツでパンパンのお尻を振りながらトテトテ走っていたり。どれもこれも私の宝物。
「かわいいなぁ」と思わず呟く。
一生懸命手を振っている動画から『ママー』と声が聞こえた。
子どもたちの存在が、今の私の唯一最強のビタミン剤だ。この笑顔を守るためなら、
私はなんだってできると勇気が湧いてくる。
結婚だってできるかもしれない。
〝父親〟という存在が、子どもたちに必要であるならば……。

「おてて離しちゃダメよ」

「はーい」

昼寝から目覚めた子どもたちと散歩に出かける午後三時半。

小さな一歩に合わせ、のんびり歩いて向かう先は、広くはないけれど子どもたちが
思い切り走れる貴重な公園だ。

公園に着くなり、ふたりはキャッキャと追いかけっこを始める。

見守る私はベンチに腰を下ろし、空を見上げた。

澄み切った秋空は綺麗な水色だ。

南に向かう飛行機は国内線だろうか。細い雲を後ろに伸ばしながら飛んでいく空の船を見つめ、懐かしい〝彼〟の面影を重ねた。

彼は、青空がよく似合った。

スラリと背が高くて、いつも微笑みを浮かべたような目もとをしたあの人には、どこにも陰りなんてなくて、太陽のような人だった。

目を離せないほど綺麗な瞳で、今なにを見ているのだろう。

よく似合うパイロットスーツを着て、サングラスをかけて。コックピットから珊瑚礁の海を見下ろしているのかもしれないし、もしかしたら夜空を煌めくオーロラを見ているのかもしれない。

「あー、ひこーき」

双子の息子、大空と翔真も眩しそうに空を見上げて指をさす。

まだ小さいのに笑顔が父親にそっくりだ。

「ひこーきぐもー」

「そうだね。どこに行くのかなぁ」

子どもたちは手にした小さな飛行機のぬいぐるみを高く掲げ、ブーンと振り回す。

どちらのぬいぐるみも私がフエルトで作ったもの。

　大空も翔真も飛行機が大好きだ。車や船を見せてもあまり興味を示さず、飛行機一辺倒であるため、おのずと与えるおもちゃは飛行機になってしまう。

　私は子どもの頃から飛行機が好きだった。事情を知らない身内は、子どもたちに『ママ似ね』というが、私は密かにパパ似でもあると思っている。この子たちの父親は、私以上に飛行機を愛しているパイロットだから。

　このまま成長し、パイロットになりたいと言いだすのかな。

　キャプテンになった大空と翔真が操縦桿を握る飛行機で空を飛ぶ。そんな日が来たらどんなに幸せか。想像だけで胸が弾む。パイロットスーツも帽子も、きっととても似合うはずだ。

　父親に似て。

「ママー、ジュース」

「はいはい」

　追いかけっこが終わり、ベンチに座って飲み物補給。

「ゆーやけ」

　晩秋ともなると日は短い。ほんのりと西の空が色づきはじめた。

「綺麗だね」

切ないほどに。

「うん！　きれー」

公園内には親子連れも何人かいて、父親に肩車をされている男の子の姿もあった。力強い父の手に支えられて、うれしそうにはしゃいでいる。親子ともども楽しそうな笑顔を浮かべ、とても幸せそう。

よく見る光景なのに、今日に限ってさわさわと心に波が立つのは、きっと母が持ってきた縁談のせいだ。

戸籍上、この子たちに父親はいない。誰にも相談せず、私はひとりでシングルマザーの道を選んだ。

私は実父を早く亡くし、母が再婚した養父とはいい思い出がない。そんな経験からか、父親はいなくても子は育つと思っていた。

その選択に後悔はないが、子どもたちはどうだろう。父親を知る権利を、私が奪ったままでいいのか。

『ぼくの、パパは？』

先週、絵本に出てくる仲のいい家族の父親を見て、大空に聞かれた。

『大空と翔真のパパはね、とても遠くにいるの』

そんなとき私は、飛行機を操縦する彼を思い浮かべる。

地理的にも心理的にも彼は遠いのだ。

だからといって、いつまでもごまかしてはいられない。

縁談を抜きにしても、父親について子どもたちにどう伝えるのがいいのか、真剣に考える時期なのかもしれない。

「あら、双子ちゃんなの？ かわいいわね」

散歩中らしき老婦人がにっこりと微笑む。

「ありがとうございます」

礼を言う私の横で、子どもたちは婦人をキョトンと見上げる。双子ちゃんの意味もまだよくわかっていないのだ。

老婦人に飛行機のぬいぐるみを「かっこいいわね」と褒められて、大空と翔真は満足そうに「ひこーき」と胸を張る。

「若くて綺麗なママでいいわね、坊やたち」

「うん。ママきれいー」

子どもだから許される身内贔屓に、思わず老婦人と声をあげて笑い合った。

「ありがとうございます」

大空と翔真は二十六歳のときに出産した。アラサーなのでそんなに若いママじゃない。

ほぼすっぴんだから若く見えたのか。

私はどちらかといえば童顔だが、化粧によってかなり雰囲気が変わると言われる。よく言えば化粧映え、悪く言えば特徴の少ない、平凡な顔なのだ。

『笑ったとき、弓なりになる君の目は人をホッとさせるな』

そんなふうに褒めてくれた彼とは、三年前に別れた。

交際期間はほんの数カ月。それでも両手で余るくらい愛し合って、強く深く記憶に刻まれている。

でももう、遠い過去だ。

彼に知らせず産んだ双子はもう歩いているし、彼だって結婚して、もしかしたら父親になっているのかもしれない。

それくらい三年という月日は長い。

「ばいばーい」

ツクツクボウシに負けない大きな声で、子どもたちは老婦人にさよならをする。

それを合図にベンチから立ち上がった。

「さあ、お家へ帰ろうか」

「うん」

子どもたちの帽子を直して手を繋ぐ。

両手から伝わる温もりに心がほっこりとする。

この手を守るために、私は毎日を必死に生きてきた。

熱を出して泣く翔真を抱き大空を背負って病院に駆けつけた夜や、寝不足で自分が倒れた日もあった。いつが夜でいつが朝かわからないような日々を駆け抜けたけれど、いくら苦労や努力を並べたところで、それは私の勝手な言い分なんだろう。

自分で選んだ道だし、つらさを上回るたくさんの幸せな記憶があるからいい。愛してくれる夫がいなくても私はいいが――。

このまま、子どもたちに父親の記憶がないのはどうなのかな。たとえ継父でも、子どもたちをかわいがってくれる人ならば、父親はいたほうがいいのか。

「あるこー、あるこー」

翔真が歌いはじめると、大空も「あるこー」と一緒に歌いだす。

ふと、昨日、母に言われた言葉を思い出した。

『子どもたちの未来を考えなさい。双子を育てていくのにどれだけお金がかかるか。

おばあちゃんたちにいつまでも頼っていられないでしょう』

突き付けられた現実の重い壁に、胸が塞ぐ。

おばあちゃんたちというのは東京に住む、亡くなった父方の祖父母のことで、私たち親子は今お世話になっている。

思えば私の人生は波乱万丈で、平穏なときなどなかった。

幼くして父を亡くし、その後の経済苦を忘れたわけじゃない。母の再婚でまた苦労し、シングルマザーの道を選んでからも、祖父母が救いの手を差し伸べてくれなかったら、私たち親子はどうなっていたかわからないのだ。

自分だけの力ではどうにもならないことがあると、今の私は十分わかっている。

「ママー、ママもひこーきで、とんだんでしょー」

「うん。そうよ。ふたりが生まれる前にねー」

僕も早く乗りたいと言う子どもたちをなだめる。

「もうちょっと大きくなったらね」

そう。私もいっときは夢を掴んでCAになった。

あのときの私は自信に満ちていて、これからはなんだってできると信じて疑わなかった。

夢は破れたけれど、今の私には子どもたちというパワーの源がある。
お見合いだって会ってみなければ、なにもわからないのだ。そう自分に言い聞かせた。

パンドラの箱

「きれー」

翔真が目を輝かせるのは、私が手にしたワンピースだ。

私はいつも、ゆったりとしたラフな服装が多いから、鮮やかなワインレッドのドレスがもの珍しいのだろう。

「今日はね、これを着てお出かけするの」

一年ぶりにアメリカから帰国した友人、紗空（さら）の帰国を祝うパーティーがある。

「ママのおともだち？」

「そうだよ。ふたりとも赤ちゃんのときに会ってるんだけどね、覚えてないかな」

大空は首を傾げ、それを見て翔真も同じように首を傾げた。

その様子がかわいくて、思わずクスッと笑ってしまう。

「紗空ちゃんよ、大空と〝空〟っていう字が同じなの。サラとソラ似てるね」

「さら？」

「そうそう。紗空が、大空と翔真が今着ているこのパジャマを買ってくれたの」

子どもたちは飛行機が好きだと言ったのを覚えていてくれた紗空は、ほかにも飛行機のアップリケがついた上着を贈ってくれた。

「これ、すきー」

大空が自分のパジャマを引っ張ってご満悦の笑顔を向ける。

「よかったね。お礼を言っておくからね」

そろそろ時間だ。子どもたちを祖母に預けて、着替えなきゃいけない。

「さあ、ひぃばぁばのところへ行こうか」

「うん」

私たち親子は、祖父母と同じビルで暮らしている。

祖父母と言っても、亡くなった父方の祖父母なのですでに戸籍上は他人だ。

とはいえ、今はこの場所こそが私の本当の意味での実家だと思っている。

「気をつけて、ゆっくりね」

子どもたちにはまだ高い一段を、手を繋ぎ「よいしょ、よいしょ」と、かけ声をかけながら上る。おぼつかない足取りを見守りつつ、玄関脇の階段を上りきると、祖父母のいる三階に着く。

ここは神楽坂（かぐらざか）にある、祖父母所有の店舗兼住宅の五階建てビル。ビルの一階は、祖父母が経営するイタリア輸入の服や雑貨を扱う雑貨店『felice（フェリーチェ）』、私の職場だ。

五階は主にフェリーチェの倉庫として使っており、三階と四階は祖父母の住まい、私たち親子は二階に住んでいる。

インターホンを押したがる大空を抱き上げて「ひいばぁば、きたよー」と手を振ると、間もなくドアが開き、祖母が笑顔で迎えてくれる。

「はーい。いらっしゃい」

私が子どもを置いて夜出かけるのは初めてだ。ちゃんとお留守番できるのかと不安を胸に、子どもたちの目線に合わせしゃがみ込む。

「じゃあふたりとも。ひいじぃじとひいばぁばとお留守番よろしくね」

ふたりと手を繋いで、よくよく言い聞かせる。

「いい子にしてなきゃ、ダメよ？　追いかけっこもダメよ？　暴れないようにね」

なにしろ男の子ふたりだから、騒ぎはじめると始末に負えない。七十代とはいえまだ元気な祖父母だが、夜はゆっくりしたいはず。お願いだからおとなしくしていてほしい。

「うん」

「わかったー」

言ってるそばから、パタパタと子どもたちは走って中に入っていく。

「あーもう。ごめんね、おばあちゃん。よろしくお願いします」

「いいのよ。今夜はなんにも考えずに楽しんでいらっしゃい」

祖母には、先日母が話を持ってきた縁談の相談もしている。

なので『なんにも考えず』には縁談も入っているに違いなく、その気持ちがありがたかった。

「うん。ありがとうね、おばあちゃん」

急いで二階に下り、早速着替えに取りかかる。

パーティーの主役、紗空とは大学時代からの親友だ。

北関東の国立大学に通っていた私は、地元出身の彼女の家によく遊びに行った。

彼女の家は不動産会社を経営している資産家なのに、紗空自身も彼女の家族も気取りがなく明るくて、とても優しく私を受け入れてくれた。

思えば疎遠になっていた祖父母と再会できたのも紗空のおかげ。

母が再婚してからは、祖父母との交流はまったくなくなっていた。

紗空には亡き父の話をしていて、名字が西連寺(さいれんじ)だったと言ったことがある。珍しい名前なので彼女の記憶に残ったのだろう。彼女はたまたまこの店の常連客で、祖母が渡した名刺の西連寺という名字で『もしかして』と聞いてくれたのだ。

それが今から四年くらい前。早速私は店を訪れ、私たちは涙の再会を果たした。

とまあ、そんなわけもあり、紗空には感謝しきれないほどの恩がある。

そんな彼女が結婚したのは二年ほど前で、お相手は一流企業の創業者一族の御曹司。

今夜集まるのは彼女たち夫婦の友人のみと聞いているが、資産家も多いはずで、身だしなみには気をつけなければいけない。

友人として彼女に恥をかかせるわけにはいかないもの。

こんなとき、今の仕事でよかったとつくづく思う。

フェリーチェのおかげで手土産にも困らないし、イタリア輸入の服も扱っているから、パーティーの服にも悩まずに済む。

全身を鏡に映し、あらためてチェックする。

身長は一五八センチと普通。中肉中背のやや細め。妊娠中いっときは心配されるくらい痩せてしまったが、去年あたりからもとの体型に戻った。イタリア製の服は日本人に合わせて小さめなサイズを輸入しているし、大抵の服は直さずに着れるから、こんなときに便利だ。

鎖骨がしっかり見えるボートネックラインに、レースのマントスリーブ。膝がギリギリ隠れる丈で、赤とはいっても派手すぎない。上品で素敵なワンピース。日本ではまだあまり知られていないが、現地では注目の若手デザイナーの新作だ。

祖母の配慮により仕入れ値で譲ってもらえたからよかったものの、正規のお値段なら、私には到底買えない高級品である。これならばパーティーでも浮かないと信じたい。ちゃんと着こなせているのかは疑問だが、そこは気にしないようにする。

妊娠前は背中にかかるほど長かった髪も、今はまとまりやすいよう、緩くパーマをかけて肩につく長さに切り揃えている。美容院に行く余裕はなかったので、ゆったりと後ろにまとめ、ドレスに合わせた揺れるベネチアングラスのピアスをつけた。

問題はメイク。ドレスやアクセサリーに合わせなければ。

普段は最低限度の化粧しかしないので、買ったばかりのコスメを並べて気合を入れた。

明るめのチークに、ゴールドのアイシャドウも入れてみる。息を止めて慎重にアイラインを引き、ワインレッドのドレスと同じ色のリップをひく。

ひと通りメイクアップが終わり、あらためて鏡を見れば、華やかに変身した別人のような自分がいた。

心が弾み、笑みが浮かぶ。忘れていた女心を取り戻した気分だ。

おしゃれも、飲み会に参加するのも本当に久しぶりで、よく考えてみると出産後は初めてである。今夜は特別。よし、思い切り飲むぞと胸を躍らせた。


「ここかな」

ショップカードを手に、ビルの前で立ち止まった。

六本木(ろっぽんぎ)の路地にある雑居ビル。店の名前は『氷(こおり)の月(つき)』というが看板はないとある。紗空が手書きで付け加えてくれた目印によれば間違いないはずだけれど。

念のためぐるりとあたりを見回すと、ハッとするような美人と目が合った。

よく見れば、なんと人気ファッションモデルのＬａＬａ(ララ)だ。すでに引退したはずなのに、相変わらずの美貌に圧倒される。

「もしかして氷の月に行くのかしら？」

「あっ。は、はい。そ、そうです」

えっ、まさかＬａＬａも今日の出席者なの！

「紗空ちゃんのお友だち？」

「はい。大学時代からの、友人で鶴見茉莉と言います」

思わずしどろもどろになる。

そもそも名前まで名乗らなくてもいいのにと、言ってしまってから気づいた。

恥ずかしくて顔から火が出そうになると、「蘭々です。どうぞよろしく」と挨拶を返してくれた。

おまけに「素敵なドレスね」と、デザイナーの名前を挙げて褒めてくれた。ひと目で見抜くのはさすがだし、優しさにもうっとりする。

「ありがとう、ございます」

そういえば紗空がずっと彼女に憧れていると熱く語っていたのを思い出した。いつだったか、今はふたりで会ったりもする友人になれたと頬を染めていたっけ。

別世界の話のように聞いていたのに、目の前にいるなんて信じられない。

夢見心地でＬａＬａの後についてエレベーターに乗ると、ちょうどそこに男性が現れて「お待たせ」と彼女に声をかけた。

彼女の腰に手を回す彼は恋人なのか、あっけにとられるほどのイケメンだし、「こんばんは」と私にまで話しかけてくれるスマートさに感動するばかり。

今夜の客は、こんなふうに素敵な人ばかりなんだろうか。

早くも気後れしながらふたりについて店に入る。

「あ、蘭々さん！」

「紗空ちゃんお帰りなさい」

LaLaに憧れてやまない紗空のために、私は目立たないように後ろに立つ。

なのに紗空はすぐに飛んできてくれた。

「茉莉！ 久しぶり、今日は来てくれてありがとう」

「お帰り紗空」

紗空は光沢のあるピンクゴールドのドレスを身にまとっている。ルビーの豪華なアクセサリーがキラキラ輝いて華やかだ。

派手な宝石なのに、紗空が身に着けると上品になる。

「すっごく綺麗だよ、紗空」

「ありがとう。茉莉もよ」

抱き合うようにして再会の喜びを分かち合い、キャッキャと騒いでいたところまではよかったが——。

「驚いたな。まさかここで会うとは」

聞き覚えのある声に、すぅーっと血の気が引いた。

そんな……、いや、そんなはずはない。

ゴクリと息を呑み、恐る恐る振り向いた私は驚きのあまり声を失う。

形のいいアーモンドアイを細めて片方の眉を上げ、私を見下ろしている。

「こ、航輝さん？」

悲しいほど子どもたちとそっくりな人。三年前に別れたはずの人。そして……。

コックピットにいるはずの彼がどうしてここに。

「お知り合いだったの？」

なにも知らない紗空がキョトンと首を傾げる。

「え、えっと」

「ああ、彼女は――」

キャー、なにを言いだそうって言うのよ！

大慌てで航輝さんの前に出る。

「ちょ、ちょっとした知り合いなだけ。さ、紗空、プレゼント持ってきたの」

あぶないあぶない。彼のことだ。あっけらかんと元恋人とでも言いだしかねない。

心の準備もしていないのに、こんなところでいきなり暴露されては困る。

紗空の手を引き、店の奥へ向かう。

とにかく彼から離れないと。

「茉莉？　どうかした？」

「説明の前に、あ、あの人はどうしてここに？」

「燎さんのお友だちよ。青扇学園の同級生なの」

燎さんとは紗空の夫だ。

青扇学園とは資産家の子女が集まることで有名な一貫校。紗空や紗空の夫が青扇だとは知っていたけれど、まさか彼も青扇出身とは。

考えてみれば、彼は私の知る普通のパイロットとは少し雰囲気が違っていた。滲み出る気品ともいうか、只者じゃない空気というか。

「パイロットなんでしょう？」

念のため聞いてみた。

「そうそう。旧華族というお家柄だったと思うわ。確かお父様もお兄様もパイロットで、お母様はCAだった方だと思う。一族揃ってなんてすごいわよね」

以前グランドスタッフの友人から聞いた情報と同じである。

雲の上のエリート一族。友人の話によると、お母様はCAの間でも伝説になっている美しくて優秀なCAだったという。彼女の接客態度の素晴らしさと美貌にいたく感動したどこぞの石油王が、熱烈なプロポーズをしたという有名な話があるらしい。

お父様も素敵な人だったというから、彼はご両親の遺伝子をしっかり受け継いだのだ。

「ねえ茉莉、どうしたの？　彼とはどういう」

紗空が心配そうに私の顔を覗き込む。

親友の彼女にだけは双子の父との出会いについて話をしてあるが、名前や職業までは明かしていなかった。

私と彼の問題に大切な親友を巻き込みたくない。でも、彼女の協力なしにはこの状況を乗り越えられない。

とにかく今は、彼に大空と翔真の存在を隠し通さなければ。

「お願い紗空、知らん顔を通して。──彼は、子どもたちの父親なの」

素早く耳打ちし、素知らぬ顔で持ってきたプレゼントを紗空に渡す。

「帰国祝いよ、紗空」

背中にヒシヒシと彼の視線を感じるが、つとめて平静を装う。

一瞬絶句した紗空も、次の瞬間にはにっこりと笑顔を貼り付け「ありがとう」と紙袋を受け取る。

「見ていい？」と包みを開ける紗空も、彼に背を向け「じゃあ、エーゲ海の？」と囁く。

「そう……。例の人」

エーゲ海の美しい島で出会い、間もなく交際を始めた。いっときは永遠の愛を信じた、元恋人……。

私の息子たちの父親。

そして彼は、自分の子どもの存在を知らない。

＊＊＊

彼と出会ったのは三年前。

私はフェリーチェの仕入れを兼ねて、二週間ほどヨーロッパで過ごす予定でいた。ロンドンとローマに滞在する間に、二日だけアテネの宿を取った。わけあって傷ついていた心を癒すべく、ずっと憧れていたエーゲ海へ向かい、日帰りのクルージングを計画したのだ。

見上げれば鮮やかな青い空。痛いほど眩しい日差しを浴びていると、瞬く間に癒されていくようだった。これでもう大丈夫。日本に帰ったら新たな気持ちで別の人生を歩もうと、心に誓い自信を取り戻せると思った。

船酔いするまでは――。

デッキに出てうずくまり、吐き気と目眩で苦しんでいた私に、最初に声をかけてきたのは白人男性だ。

「僕の部屋で休んだらいいよ」と耳もとで囁きながら執拗に体を触ってくる男性に、拒絶の意志は伝えたかったが、酔いが酷くてただノーサンキューと首を横に振るのがやっと。

そこに現れたのが彼だった。

彼は流ちょうな英語で「捜したよ。大丈夫か？」と、まるで連れのように声をかけてきて、男を追い払ってくれた。

「君、日本人だよね。大丈夫？」

日本語を聞いただけで、私は心からホッとした。

同じ日本人の私に同情したのだろう。ろくに返事もできずにいる私に、係員から水をもらってくれたり、落ち着くまで、彼はずっと付き添ってくれたのだ。

「すみません……」

「気にしないでいいよ。予定があるわけじゃないし」

彼はシルエットだけでも素敵な人だったので、クルーザーに乗ってすぐ存在には気づいていた。

エーゲ海の日差しは強く、多くの観光客同様、彼もサングラスをしていた。目もとは見えなかったが、スッと高い鼻梁にシャープな顔のラインだけでもイケメンだとわかる。身長は一八〇センチ以上あるに違いなく、八頭身とスタイルもよかった。

外国人の中にいても引けを取らないルックス、というよりむしろ目立っていたと思う。

私が見かけたとき、彼は長いブルネットの髪の美女と一緒にいたが、女性は赤の他人だったらしい。

「お連れの方じゃなかったんですか？」

「ああ。少し話をしていただけ。ひとり旅だよ」

島に到着したときには酔いもすっかり治まり、彼とは笑顔で別れた。

「本当にありがとうございました。おかげで助かりました」

彼は「よい旅を」と穏やかに微笑んで、映画のワンシーンのように、白い漆喰（しっくい）の家が立ち並ぶ美しい風景の中に消えていったのだ。

陽は高く観光客は大勢いた。その浮かれた雰囲気にのり、私も楽しむぞと、意気揚々と歩きだしたのはいいが、悪いことは続くものである。路地の階段で転んでしまったのだ。

二時間ほど散策した頃か。美しい景色に目を奪われて、路地の階段で転んでしまったのだ。

足首を捻挫してしまったようで痛くて歩けない。途方に暮れて路地の陰でうずくまる私の上から「あれ？　もしかして」と、柔らかい声が降ってきて。

「今度はどうしたの？」

しゃがみ込んだ彼は、擦りむいた膝を見て困ったように眉尻を下げた。

「あーあ、痛そう」

立ち上がれない私を彼は背負ってくれた。

ひとまず目に付いたカフェに入り、私に待つように告げた彼は、店員と言葉を交わして、膝に貼る絆創膏と足首のシップ薬を手に入れてくれたのである。

潮風にあたるカフェテラスで、彼はグリークコーヒー、私はチーズのようなグリークヨーグルトを頼んだ。濃厚なヨーグルトをちびちび口にするたびに、心も足首の痛みも落ち着いてきて、器が空になった頃には、気持ちも随分元気になっていた。

彼は、ゆったりと椅子に座り、邪魔そうな長い脚を組んでいた。

長袖の白シャツをラフに着こなし、デニムのパンツという何気ない服装。素足に履いた靴といい、まるでファッション雑誌から抜け出したよう。

疲れ切った頭で感心しつつ。ちょっとときめいた。

そんな場合じゃないのに……。

時刻はすでに夕方。暮れなずむ景色は素晴らしかったけれど、本来ならその美景は帰りのクルーザーで見ていたはず。

私はすでに乗りそびれていた。

「ホテルまで送るよ」と彼は言ってくれたけれど、当然予約はしていない。

「――えっと、実は日帰りの予定だったので」

怪我をして立ち上がれなかったときに、このまま島に泊まろうと決めていた。予約していたアテネのホテルにキャンセルの電話を入れて、ここで宿を探そうと思っていたのだ。

でも、その考えは甘かった。

「今からで取れる？」

心配そうな彼に、ここから電話をかけてみたらと促されて、早速問い合わせてみたが、どのホテルも空きはない。彼が宿泊するホテルにも聞いてくれたけれど、残念ながら満室だという。

「俺の部屋、寝室はひとつじゃないから、君が嫌じゃなければだけど、泊まっていく?」

そう言われたとき、警戒心よりも安堵感が勝った。

このままホテルが見つからなかったら、もうどうしていいかわからない。船酔いに怪我と重なり、不安で仕方なかった私には、彼が救世主のように思えた。

幸い、彼が取っていたのは寝室がふたつあるスイートルーム。ホテルに交渉し私も彼の部屋に宿泊すると決まって、心からホッとしたときはまだ、あんなことになるとは思っていなかった。

「本当に助かりました。ありがとうございます」

「別にいいよ、旅の恥はかきすてだ」

「え、それを言うなら旅は道連れですよ」

どこかとぼけている彼と笑い合って。緊張感が抜けたおかげでお腹はペコペコで、たくさん食べてワインもたくさん飲んだ。

「イタリア語は堪能だし、旅慣れているでしょ。こっちに住んでいるのかと思った」

お世辞でもそう言ってもらえて、ちょっとうれしかった。

「もしかして、見ていたんですか?」

「すぐ後ろにいたからね」

クルーザーに乗ってすぐ、私はイタリア人の男性に誘われて、イタリア語ではっきりとその気はないと断ったのである。

「仕事で、イタリアにはときどき来るんです」

「なるほど。それで雰囲気もそれらしく？」

女性のひとり旅ゆえに目立ちたくはない。私は肩より少し長い髪をグレーベージュに染めて、緩く後ろでまとめていた。服装は彼と同じ白シャツにジーンズというラフな格好にサングラス。実は不安でドキドキだったが、地元に住む旅行者のような顔をして澄ましていたのだ。

「黒髪は目立つかと思って、明るい色に染めてきたんです」

「こっちの男は、日本人の漆黒の髪が好きだからね」

彼の言う通りでもあるし、良くも悪くも日本人女性はおとなしいという印象がある。強引に誘えばなんとかなると、思われてしまうのかもしれない。

仕入れのための旅はいつもなら祖母、もしくは祖父母と一緒だから気にならなかったが、ひとりでナンパされるのは、やっぱり怖い。

「その後も何人かに誘われていたよね」

確かにイタリア人ナンパ男だけじゃなかった。その後も何人かの男性に、声をかけられたのだ。女性ひとり旅だと、どうしても誘われやすい。

聞けば、彼はそんな様子を見ていたからこそ、変な男に狙われないように付き添ってくれたという。

彼の親切に心から感謝した。具合の悪いときにしつこい男性に絡まれたら、逃げ切れたかどうか自信がない。

「階段の横でうずくまっている君を見かけたときは、本当に驚いたよ。また?ってね」

「自分でもびっくりです。三度目がないように祈らないと」

彼は「うん。そうして」と、楽しそうに笑った。

バルコニーで旅の話をしながら夜空を見上げると、飛行機のナビゲーションライトが見えた。

私は少し前までCAだった。目にした飛行機のような国際線に乗る夢は叶わなかったが。その名残りもあってか、つい空を見上げては、飛行機を探してしまう。

「私、『ベンタス』で来たんですけど、とても上手なパイロットさんでした」

ベンタスは国内トップの航空会社である。

「へえ。上手ってどんなふうに?」

離陸から上空ではとくになにもなかったが、初日に下りたったロンドンのヒースロー空港は結構な雨が降っていた。

航空事故は離陸三分、着陸八分に集中するため、魔の十一分と呼ばれている。

「着陸時に――」

危うくゴーアラウンドすなわち着陸復行と、専門用語を言いそうになり「着陸をやり直したんです」と言い換えた。

私はCAを辞めざるを得なかったというつらい体験を、まだ乗り越えられていなかった。その話に触れたくなくてごまかしたのである。

「乗客には泣きだす人もいたんですけど、でも二度目でしっかりドスンと降りてくれました」

彼は「ドスンとね」と笑った。

「ええ。滑走路が濡れていたので、ドスンと降りてくれないとむしろ心配です」

着陸は静かなほうがうまいと思う人がいるけれど、実際は天候や滑走路の状況による。濡れた滑走路を滑るように降りられたらオーバーランをしてしまうのではとドキドキしてしまう。

だからドスンと降りてくれると、私はとても安心できる。

「周りに泣いている人もいたのに、君は不安じゃなかったの？」

「はい。私、飛行機に乗るときはパイロットに全幅の信頼を寄せていますから」

本当のことなので胸を張って答えた。

「なるほど。まあ実際パイロットは、その責任を背負って操縦しているだろうし」

「そうですよ。本当にすごい人たちです」

それからしばらく飛行機談義に花が咲いた。

以前、機体に雷が落ちてびっくりした経験や乱気流に巻き込まれて大きく揺れた勢いでドリンクを被ってしまった話など。

つい熱が入ってしまった。

「君は随分経験があるんだね。詳しいし、マイル修行とか？」

マイル修行とはマイレージサービスの上級会員のみが受けられる特典の獲得を目指して頻繁に飛行機を乗る人たちを指す。

最初はそうなんですとごまかしていたが、「父が航空整備士だったんです。よく空港に連れていってもらって、いつか父が整備した飛行機に乗るんだって……」と言った瞬間、胸の奥のほうで、カチャッとタガが外れた音がした。

亡き父と見た唯一の希望、そしてようやく手にした夢――。

私は、高校卒業と同時に家を離れるまで〝おばあさま〟や義父に怯えながら生きてきた。このままじゃ、一生彼らに支配される人生になってしまうと、死に物狂いで勉強し、母も密かに協力してくれて、奨学金で大学に行った。

必ずCAになるんだと夢を描き胸躍らせて。そして叶えたのだ。それなのに――。

辞めたくなかった。

でも、体が持たなかった。

溢れだしたのは心の奥に潜んでいた未練だ。散々泣き尽くして、綺麗さっぱりなくなったはずなのに、また涙になって溢れだした。

自分の弱さが嫌になった。半年経っても沈んだ心も、頼りにならなかったこの体も。

「今日だってあんなに船酔いして」

三半規管だって弱くはなかったはずなのに……。

突然泣きだした私に彼は驚いたと思う。

でも深刻ぶらずに「ワイン、飲みすぎちゃった?」と笑って、ティッシュを取ってくれた。

「ごめんなさい」

戸惑いを見せるわけでもなく、彼は大人で。

「いいよ。泣きたいときは泣いたらいい」

その優しい瞳に見つめられるうち、ふと、もう二度と会わないであろう彼になら、いっそすべて打ち明けてしまおうと思った。

「私、半年前まで国内線のCAだったんです」

「キャビンアテンダント？」

飛行機の客室乗務員、キャビンアテンダント。

拾ってくれたのは小さな航空会社だったけれど、キャリアアップして、いつかは大手航空会社の国際線のCAになろうとがんばってきた。

「はい。子どもの頃からの夢で。ようやくなれたのに、耳が……」

「耳……。航空中耳炎？」

「そうです。どんなに気をつけても何度も再発するようになって」

航空中耳炎はパイロットやCAの職業病のひとつだ。とくに国内線は多いと聞く。国際線よりも頻繁に、気圧の上昇と降下にさらされるからだろう。それでもならない人はならないし、一度なっても気をつけていれば再発しないという人もいる。

でも私の耳はダメだった。今回のようにときどき飛行機に乗るくらいなら問題ないが、国内線CAの激務には耐えられない。

『あなた顔色がよくないわよ？』と、お客様に言われたのがきっかけになり、私は退職を決断した。

「なるほど。それは残念だったね……」

彼はとても優しい声で、泣いている私の肩を抱いて。私は吸い込まれるように、そのまま彼の胸に顔をうずめた。

「もう体のほうは大丈夫なの？」

「耳は、たまに飛行機に乗るくらいなら平気だし、軽かったのもあるんですけど」

「そうか……」

泣いたりしてごめんなさいと謝る私の背中を撫でて「つらかったな」と労わってくれた。

彼の低い声は、私の心を癒すように深く響く。

背中に感じる彼の手の温もりや胸の温かさから離れたくなくて、いつまでも泣いていたい衝動に駆られたけれど、これ以上彼の厚意に甘えてはいけないという、わずかな自制心は残っていた。

唇を噛んで涙を堪え、彼から離れて顔を上げた。

スイートルームのバルコニーには穏やかな風が吹き、満月が輝く空を、ライトを点滅させながら、また別の飛行機が飛んでいく。

「実は俺、パイロットなんだ」

　空を見つめたまま彼はそう言った。

　驚く私を振り返った彼は「だから君の気持ちはよくわかる」と、そっと微笑んだ。

　ああ、それで彼は航空中耳炎という病名を言ったのかと、今更のように気づいた。

普通は聞き慣れない病名のはずだから。

「泣いていいよ。ちゃんと泣いてなかったんだろう？」

「えっ？」

　彼の言う通りだった。心配かけたくなくて、祖父母の前ではいつも私は笑っていた。

とはいえ彼は知る由もない。

　戸惑う私に彼がポツリと「悲しい笑顔だから」と言った。

「今まで我慢してきたんだろう？」

　伸びてきた彼の手が私の頬を撫で、胸が苦しくなって——。

「おいで」

　どちらからともなく唇が触れ、その唇が重なったとき、私はもうなにも考えられなかった。

今思えば、彼からは私を抱くつもりなんて一ミリもなかったと思う。

見ず知らずの私を助けてくれるような優しい人だもの。涙に濡れた瞳でジッと見つめられて、突き放せなかったんだと思う。

彼が耳もとで「なにもかも、忘れたらいい」と囁いた。

そうして悲しみもつらさもすべて、彼がくれた熱の中に溶かしたのだ。

＊＊＊

後悔はしていない。していないけれど――。

ポンポンと肩を叩かれて現実に引き戻される。

「大丈夫？」

ハッとして顔を上げると紗空が心配そうに眉尻を下げて私を見ていた。

「ああ、ごめんごめん」

高鳴る鼓動を落ち着かせようと、ゆっくり息を吐く。

想い出に浸っていた間に、彼女は私が渡したプレゼントを開けていたようだ。箱は表面がフイルムになっていて、キラキラした緩衝材の中で横たわるグラスが見える。

紗空は「綺麗」と目を丸くして、さもプレゼントの話をしている雰囲気を装ってくれた。

「茉莉、ちょうどいい機会なんじゃない？」

「え？　なにがちょうどいいの？」

「打ち明けるのよ」

息を呑んで固まる私の腕を、紗空がギュッと掴む。

「ここで会ったのは運命かもしれないよ？」

運命という言葉に心臓が跳ねた。

大げさだよとは笑えない。この広い東京で友人を通して糸が繋がるなんて、もはや奇跡だと自分でも思う。

でも、だからって。

「い、いや無理。お願い紗空、子どもたちと、私がシングルマザーなのも彼には絶対に知られたくないの」

「茉莉……」

「お願い」

私があまりに真剣に訴えたせいか、彼女は戸惑いながら「わかった」と答えた。

「燎さんには大学の同窓生としか言ってないから心配ないわ。今後も双子ちゃんの話はしない」

燎さんとは彼女の夫、須王燎さんだ。ふたりの結婚式は私の出産と時期が重なり出席していないので、燎さんとは今日が初対面になる。

「聞かれたら独身とだけ言っておくね」

「ありがとう紗空。助かる」と耳打ちすると、噂の旦那様がこちらに向かってくるのが見えた。

紗空の夫、須王燎さんはスラリと背が高く、年齢は自分たちとそう変わらないのに大企業の重役らしい堂々とした風格がある。加えてすごいイケメンだ。正面に立つだけで圧倒され、緊張に顔が強張ってしまう。

「燎さん、紹介するわね」

安心させるように私の背中に手を回した紗空は、旦那様に紹介してくれた。

「大学の同級生の茉莉さん。イタリア語の授業が一緒になったのがきっかけで親しくなったんだけど。すごいのよ。彼女イタリア語がペラペラなの」

彼は微笑みを浮かべながら、感心するようにうなずく。お世辞だとわかっていても照れくさい。ぽっと赤くなるのが自分でもわかる。

「紗空、ペラペラは大げさよ」

前もって人となりを聞いていたのか、彼は思い出したように「ああ、そうか神楽坂のセレクトショップの」と聞き、紗空が「そうそう」と答えた。

「今日もね、ベネチアングラスをプレゼントに持ってきてくれたの」

紗空が早速袋から箱を取り出してグラスを見せる。

「おぉ、綺麗だな。ありがとうございます」

一見怖そうに見えた彼も、妻の友人には優しい笑みを浮かべてくれた。

「今日は楽しんでいってください」

「ありがとうございます」

ふいに「燎」と声がかけられて、彼が振り向いた先に目を剥いた。よりによってそこにいたのは航輝さんで、彼は燎さんを手招きする。

そして意味深な視線を私に向けた。

燎さんは彼のもとへ行ってしまうが、止めようもない。

「ど、どうしよう」

「だ、大丈夫よ茉莉、お店の名前と場所しか、燎さんには言ってないわ……」

言ってる途中で紗空は「ごめんね」と肩を落とす。

「いいのいいの、気にしないで。今更彼も私には興味ないだろうし」

彼に背中を向けて「どんな様子？」と聞くと、紗空は「めっちゃ、こっちを見てるわよ」と、困ったように視線を泳がせる。

泣きたい気分だが、じたばたしたところでどうしようもない。

こっちも可能な限り情報を集めようと、早速紗空に聞いた。

「ねえ紗空、彼は独身なの？」

「そう聞いてるわ」

やっぱりそうか。だからこそ、紗空は運命だと言ったのだ。

でもどうして結婚していないんだろう。

「婚約者が――」と言いかけたとき、パンパンと手を叩く音がした。

今日の仕切り役と思われる男性から「さあ、主役のふたりに挨拶してもらいましょう」と声がかかる。

「じゃ、茉莉。また後でね」

「うん」

司会者のもとに行く彼女を見送ると同時に、バーテンダーがシャンパンの入ったグラスを配りはじめ、パーティーが始まった。

あらためて店内を見回すと、カウンターテーブルにずらりと料理が並び、テーブルと椅子が壁際に寄せられている。

決して広くはないお店だけれど、空間と人数のバランスがちょうどいい感じ。

ざっとみたところ二十人くらいか。圧倒的に男性が多く、女性は半数に満たない。男女を問わず、どの人もやたらと美形なのには驚くばかりだ。

紗空の旦那様が挨拶をして、友人が冷やかし、店内はあははと明るい笑い声に包まれる。賑(にぎ)やかに盛り上がる店内に、私はそっと視線を巡らせる。

奥に向けて細長い店内のどこに、彼はいるのか。目だけを動かして捜すが、彼の姿はない。

——となると、まさか。

「須王夫妻の帰国を祝し、乾杯！」

ドキドキしながらグラスを掲げると、後ろから伸びてきたグラスが、私のグラスにチンとタッチされる。

嫌な予感を胸に、恐る恐る斜め後ろを振り返れば、案の定そこにいたのは神城(かみしろ)航輝、その人だった。

「茉莉」

名前を呼ばれただけなのに、心臓がショックで止まりそう。

吸い込んだ息を、細くゆっくりと吐いて、気持ちを落ち着ける。

ちらりと彼を見れば、スリーピースのダークスーツに、光沢のある赤系のネクタイと胸もとにお揃いのポケットチーフを覗かせている。髪はスタイリングできっちりと横に流し、まさにパーティーモードだ。

身だしなみから醸し出される凛々(りり)しさゆえか、三年前よりもさらに男ぶりが上がったように見えて、気持ちが落ち着かない。

「お、お久しぶりです」

思わず声がうわずってしまう。

「君の名前は〝鶴見茉莉〟だったんだな」

えっ！　思わず目を見張る。

エーゲ海で出会ったとき、私は見ず知らずの彼を少しばかり警戒して、とっさに〝ツルノマリ〟だと嘘をついた。その後は茉莉としか呼ばれなかったから、訂正するのを忘れていたのだ。今だって、言われて初めて思い出した。

彼は、紗空の夫からどこまで聞いたんだろう。

「紗空さんの大学の同級生、神楽坂にある店舗兼住宅に住み、祖父母が経営する一階のセレクトショップで働いている」

「な、なんですか？」

どうやらこの短時間に、十分なだけの情報を得られてしまったらしい。困惑を隠せずに唇を噛んだ。

「さっき燎から聞いた」

ごまかすようにツンと横を向きシャンパンを飲む。

燎さんはなにも悪くない。妻の友人が店を営んでいれば、応援しようという厚意から周りに言うのが普通だもの。

でも、そこまでわかれば、簡単に場所も特定されてしまう。丸裸まで下着一枚という状態だ。

子どもたちの存在だけは、なんとしても知られてはならない。

万が一知られたら、そのときは――。航輝さんと別れた後に、恋人ができたとでも言えばいい。彼だって、まさか自分の子どもがふたりもこの世に存在しているとは思っていないはず。深くは考えないだろう。

手にしたグラスに目を落とし、ひと呼吸おく。

大丈夫よ。彼だってそこまで私に興味はないもの。

もう三年だ。目の前にいるのは過去の人だと自分に言い聞かせ、顎を上げてそのまま彼を見た。

なにを思うのか。はかりかねる微笑みを浮かべ、彼は私を見ている。

見つめ返していると、その瞳の奥に甘さだけでなく三年前の情熱まで見えた気がして、慌てて視線を逸らした。

そんなはずはないのに。

「個人情報なのに失礼じゃないですか？」

気持ちを切り替え、むっとしてみせる。

「私のこと、どういうふうに聞いたんです？」

まさかと思うが、昔遊んだ女だなんて言われたら困る。もし燎さんに、そんなふしだらな女とうちの嫁を会わせられないなんて言われたら大変だもの。

「彼女には、どうしても回収しなきゃいけない貸しがあるってね」

「えっ？　貸し？」

貸しってなんだろうと、高速で記憶を辿った。

エーゲ海での一夜からほどなくして、私たちは付き合いはじめている。考えてみればクルーザーで助けてもらってからずっと、彼にはお世話になりっぱなしだった。ロンドンでも彼が滞在する高級ホテルに泊まったし。日本に帰ってからの食事もなにもかも、お金は彼が全部出してくれた。

心当たりがありすぎる。

「あの……。か、貸しって？」

どれのことですか？と、心で続け、もしかすると全部かもしれないと不安になりつつ、彼をちらりと見た。

すると彼は微笑みを消し、打って変わって真剣な表情になった。

「それより前に、聞きたいことがある」

まっすぐに見つめられ、息が詰まりそうだ。昔と変わらぬ澄んだ瞳が、一歩ずつ心に踏み込んでくる。

「茉莉、なぜ黙って消えた」

いきなり核心を突く質問に、喉の奥がゴクリと音を立てた。

「なぜって」

切り出したものの、次の言葉が浮かばない。

「——えっ、と。それは……ちょっとバタバタしてたから」

妊娠しちゃったんだもん仕方ないでしょ、と口の中でボヤき、視線を伏せた。

「バタバタじゃわからない」

上目づかいに見ると、射抜くようなその瞳が一瞬切なげに揺れた気がして、胸が締めつけられる。

ああ、もうやめて。これ以上追求しないで。あまりにも急すぎて、ごまかしきれる自信がない。

「ごめんなさい、紗空のところに行かないと——」

逃げるように彼に背中を向けた途端、後ろから腕を掴まれた。

驚いて振り返った私に近づいた彼は、穏やかな声で「茉莉」と呼ぶ。

「俺は君とちゃんと話がしたい」

声にも表情にも誠実さが滲み出ている。

いっそ怒ってくれたなら、私は振り切れた。

でも、そんなふうに真摯な姿勢で聞かれたら……。

航輝さんがそう言うのは当然だ。あのとき私はひと言も残さずに消えたのだから。

私だって彼の立場なら、ちゃんと説明してほしいと思うだろう。

今からでもきちんと話をしなければいけないのだと、頭ではわかっている。

でも、なにをどう言ったらいいか。

どう答えたらいいのか、口を開けても声にならず、そのまま閉じて視線を伏せた。

「今は話せないならそれでもいい」

顔を上げると、私の気持ちを察したように彼は柔らかく微笑んだ。

「君が話してくれるのを待つよ。――ようやく会えたんだ。今はとにかく再会を祝おう」

私の腕から手を放した彼は、なにか食べようと、料理を取りに行った。

その背中を見つめ、心が切なさに襲われる。

彼はなにも変わっていない。包み込むような優しさも、うやむやにしないまっすぐなところも、背中も、全部昔のままだ。

グラスに目を落として、浮いてくる泡を見つめた。

この泡立つさまをフランス語でCollier de perles（コリエ ド ペルル）〝真珠の首飾り〟と言うのを教えてくれたのは彼だ。

湧いては消える、うたかたのような恋。忘れていたはずの私の恋。こんな形で呼び戻されるなんて。

彼は軽く腕を掴んだだけなのに、悲しいほど心にジンジン響いて仕方がない。

「どうぞ」

「ありがとう」

航輝さんが差し出したお皿には、地中海料理が盛りつけてある。フェタチーズにブラックオリーブという、三年前を懐かしくさせるグリークサラダ。揚げたお魚のマリネ、エスカベッシュも想い出の料理。

地中海料理なのは偶然なんだろうけれど、またちくちくと胸が疼く。

そういえばと、ふと気づいた。

彼が手にしているのは新しいグラスだ。

パイロットやCAは飛行勤務前八時間以内の飲酒が禁じられているし、アルコール検査も厳格なので、彼は連休の前でもないとアルコールを口にしなかった。

明日フライトじゃないのかな。

怪訝そうな私に気づいたのか、彼は自分の手にあるグラスを見た。

「ん？　ああ、これはノンアルコール。今はワインもノンアルがあるからね」

なるほどと納得する。シュワシュワと泡立っているのはノンアルコールのスパークリングワインらしい。ということは――。

「明日は、フライト？」

彼はうなずく。

「ロンドン。今もヨーロッパ路線を担当してる」

「そう……」

心底ホッとした。明日ロンドンへ発つならば、彼は少なくとも三日は帰ってこない。緊急になにかが起きる心配はこれでなくなった。三日あれば対策はとれるはず。

安心できたところで気を取り直し、地中海料理を口にする。

タコのガーリックソテーは、噛むほどに濃縮された旨味が口いっぱいに広がってくる。

「うわっ、美味しい」と思わず目を丸くした。

「この店はなにを食べても絶品なんだ」

うなずきながら満面の笑みを返すと、彼はにっこりと微笑む。

「このお店によく来るの？」

「ああ。オーナーは俺や燎とも同窓の幼馴染(おさななじみ)だし、ここに来れば誰かしら友人もいるからね。次の日が休みのときは、結構な確率で来る」

行きつけか、いいな。

大空と翔真がいるからそもそも飲みに行く機会はなくなったけれど、来れば誰かしら友人がいるバーがあるなんて、ちょっとうらやましい。

一方で、この店にはもう来ないようにしようと決めた。彼とはもう会いたくない。いや、会ってはいけないから。

「ここにいる人みんな友だちなの？」

「ああ、そうだね。少なくとも男は全員」

「全員？」とオウム返しにして驚いた。

どの人も押しなべてハイスペックに見える。見えるだけでなく実際そうに違いない。彼の友好関係をよく知らなかったが、こんな人たちに囲まれているのかと、感心するばかりだ。

「俺も驚いたよ。君がまさか俺の友人の奥さんの友だちだとはね。でも、結婚式来てなかったよね？」

ドキッと心臓が跳ね上がり、思わずシャンパンにむせそうになる。

紗空の挙式は二年前。披露宴に参加できなかった理由は、双子の出産を控え、入院中だったからだ。

「たまたま、どうしても用事があって参加できなかったの」

なにを思うのか「ふぅん」と彼はうなずく。

「グランドスタッフになるのはやめたのか？」

こくりと、小さくうなずく。

覚えていてくれたんだ。

あの頃私は、飛べなくても飛行機が見える場所で、フライトに携わる仕事がしたいと迷っていて、彼に話を聞いてもらっていた。妊娠がなければ挑戦していたと思う。

航輝さんと一緒に空港での仕事をしたいという夢を見かけていたから。

でも今は、夢も飛行機も、手の届かない遠くで見るものだ。

「お客さんとして、たまに飛行機に乗れるだけで十分かなって」

にっこりと笑みを浮かべて言ったのに、彼は本心を探るように私の目をジッと見たまま表情を変えない。

「よく考えてみたら、私にはちょっと無理だと思ったの」

いたたまれずに言葉を添えた。

彼はゆっくりと口を開けて「そうか」と、薄く微笑む。

その声が沈んでいるようで、申し訳なくなる。

随分励ましてもらったのに……。

あの頃は楽しかった。瞳を輝かせながら、航輝さんに明るく夢を語っていた自分はもういないのだと、今更のように実感させられて、瞼(まぶた)を落とす。

「三年は長いな。君は随分変わった」

ふと視線を上げると、彼は意味深な視線を向けてくる。

あっさり夢をあきらめたのかと、軽蔑されるならわかる。だが彼の表情は、どこかうれしそうだ。

どういう意味なの？　もしかして、見た目のこと？

視線を泳がせて我が身を見下ろす。一時はガリガリに痩せていたが、今は健康も取り戻し、服のサイズも彼と会っていた頃と変わらない。お腹も出ていないはずだけれど……。

「綺麗になった」

「えっ？」

驚いて思わず聞き返した。

「雰囲気も変わったし」

顔が真っ赤になるのが自分でもわかる。

早打ちする鼓動に動揺しながらちらりと目を向けると、彼は責めるような目で私を見た。

「もしかして、男？」

ふぇっ？　どうしてそうなるの？

「ち、違います。仕事が忙しくてそれどころじゃないんです」

不機嫌さを隠さずにそう言った。

「そうか。ならいい」

なにが言いたいのか、彼は形のいい目を細めて口角を上げる。

「それなら今後、気兼ねなく誘えるね」

一瞬、トクンと心臓が跳ねたが――。

「今度こそ、俺からの連絡にちゃんと応えてくれる？」

続く言葉の真意を測りかね、首を傾げた。

私はちゃんと返事を返していた。いつだって、航輝さんからの連絡を心待ちにしていたのだから返事を忘れるはずがない。

むしろ、連絡に応えてくれなかったのは航輝さんだ。

「どういう意味ですか？」

少しムッとして聞くと、彼は肩をすくめる。

「三年前、茉莉は突然俺からの連絡を断っただろう？」

「――もしかして、私に連絡したんですか？」

ハッとして息を呑んだものの、ひとまず質問で返し、皮肉に笑ってみせる。

「待てど暮らせど既読は付かないし、てっきり私たちは終わったんだと思ってました」

一方的に連絡を絶ったのは私のせいだけじゃない。

エーゲ海で出会って間もなく、恋人になってと言われて、私は自信がないながらも、舞い上がっていた。

だから妊娠がわかったときは、すごくうれしかった。

付き合いはじめて三カ月しか経っていなかったけれど、航輝さんもきっと喜んでくれると信じていたから。

なのに、すぐに電話をかけたのに通じなくて。メッセージを送っても返事がない。

そのとき彼はロンドンにいた。最初のうちは時差もあるし、忙しいのかなと自分に言い聞かせていた。

でも航輝さんは、帰国の日になっても連絡をくれなかった。

あのとき返事さえくれたなら、私は――。

「ロンドンに着いてすぐスマホが壊れたんだ」

えっ？　壊れた？

「スマートフォンが？」

「そう」と、彼はうなずく。

想像もしなかった答えに、頭の中が真っ白になる。

彼の説明によると、仕事に支障がないようには対策を取ったが、スマートフォンを修理したのは帰国して時間ができてからだという。

「ヒースロー空港で不審物が発見されて滑走路が一時閉鎖した。フライト中に故障した計器もあって、その対応に追われていた」

そんな……。

「帰国しても、その報告やらで時間が取れなかった。ようやく新しい機種に変えてメッセージを送ろうとしたら、君の電話は繋がらないし、SNSもアカウントごと消えていた。なにかあったのかと、心配でたまらなかった」

思わず視線を落とし、口もとに手をあてた。

ありえない。そんな偶然が重なるなんて。

今の話が本当なら、私は捨てられたわけじゃなかったの？　だとしたら……。

一瞬、言ってしまおうかという思いがよぎる。

実はあのとき報告できなかった子どもがいるのだと。

――でも。忘れていたはずの悲しみが蘇り、喉の奥が締めつけられる。

あの日、私は航輝さんのマンションの入り口まで行った。妊娠の話をしようと思って。それなのに。

「だって……」

もう遅いよ。

「俺がいなかった間に、なにがあったんだ？」

まざまざと蘇る光景に、胸が苦しくなる。

「ごめんなさい」

それだけ言って、今度こそその場を離れた。

不安を抱えながら、勇気を出して向かった彼のマンション。エントランスで彼を呼び出そうとして、後ろから入ってきたひとりの女性に声をかけられた。

『航輝さんのお知り合い？』

私と同じくらいの年齢の、とても綺麗な女性だった。

『えっと……』

戸惑う私に、彼女ははっきりと言ったのだ。

『私は彼の婚約者です。──あなたは？』

彼の部屋番号のボタンを押して、彼の返事を聞いて、彼女は自動ドアの内側に消えていく。

彼女と一緒にエレベーターに乗る勇気はなかった。

今日再会したのは運命というなら、あの日こそ、彼女と出会ったのは運命だ。

さよならを選んだ理由

大きく伸びをして、子どもたちの枕もとから離れ、窓際に立つ。

カーテン越しに窓から通りを見下ろすと、通行人はふたりしか見えなかった。

メイン通りから横に入り車一台がやっと通れる一方通行の道なので、もとから人通りは多くない。ランチタイムもピークを過ぎている平日の午後二時なのだから、いつも通りだ。

私の住む部屋の階下は、雑貨店フェリーチェ。

〝felice(フェリーチェ)〟という名前の由来は、幸せという意味のイタリア語。一部がカウンターのみのカフェコーナーになっている、イタリア輸入の服や雑貨を扱う雑貨店である。

場所は神楽坂で十時に開店し閉店は夜七時。定休日は火曜。平日と土曜の店番は、昼間は祖父か祖母、午後三時から閉店までと日曜祝日は主に私。間に休みを取りつつ五人ほどいるアルバイトと交代で店を守っている。

私が店番のときは、祖父母に子どもたちの面倒を見てもらっている。

今日は土曜日。子どもたちがお昼寝から起きる頃祖母が迎えに来てくれて、店番を交代する約束だ。

時間まであと一時間。紗空に電話をかけようと思ったところに、ちょうど彼女から電話があった。

夕べ航輝さんから離れて紗空のもとに向かったが、彼女を巻き込みたくなくて、あえて彼の話はしなかった。彼も友人たちと話をしているようだったし、私は紗空にだけ、こっそり帰ると告げて早めに家路についたのだ。

待ち望んだ電話に気持ちがはやる。

【それで、ちびちゃんたちの件は神城さんに言ったの？】

スマートフォンから聞こえる紗空の声は、とても心配そうな色を帯びている。

「言ってない」

航輝さんと話をしている最中、一度は言いかけた。連絡が取れなかった理由がわかって、実はあのとき妊娠していたのだと。あなたの子を産んだと、喉もとまで出かかったが――。

「すごく迷ったんだけど、やっぱり言えなかった」

【そうか……】

ふぅと吐く息が重く沈む。

【夕べの茉莉たち、とても楽しそうに見えたんだけどな】

電話口で苦笑する。

「それはまぁね。久しぶりに会ったし」

【燎さんに聞いてみたの】

紗空は子どもの存在を秘密にしたまま、親友が心配だという体で航輝さんについて探りを入れてくれたらしい。

彼は燎さんに、エーゲ海で船酔いした私を助けてできた縁だと言ったそうだ。体の関係まで言ったかどうかはわからないが、そこは気にしないようにする。

「私に貸しがあるとか、言ってなかった？」

【え？　貸し？　ううん、そんな話はしてなかったわ。三年ぶりに会ったって】

じゃあ、なんの話よと思ったが、それよりも、気になるのは彼の結婚だ。

婚約者とはどうなっているのか、やっぱり知りたい。

「紗空。彼が結婚はしていないのはわかったけど、――婚約は？　以前、グランドスタッフの友だちから、彼には婚約者がいるっていう噂を聞いたことがあるの」

彼と別れた後だ。なにも知らないグランドスタッフの友人から、彼には社内公認の婚約者がいると聞いた。多分私が彼のマンションで会った女性だろう。

「今でも婚約は、しているんでしょ？」

口にした途端、胸が苦しくなる。

知りたいような知りたくないような。揺れる心にゴクリと喉を鳴らして紗空の返事に耳を澄ます。

【神城さんには婚約者っていうか、許嫁がいるにはいるけど、彼はその女性と結婚する気はまったくないそうよ】

やっぱり……いるんだ。

許嫁という言葉に、これ以上はダメだと念を押されたような気がした。

【茉莉、私もう少し調べてみる？　彼の周辺がどうなっているか】

一瞬迷ったが、知りたい気持ちを振り切った。大切な友人をこれ以上巻き込まないようにしないと。

「ありがとう紗空。それがわかっただけで私はもう十分だよ。彼との未来は考えられないし」

婚約者がいる限り、もう彼には関わらないと決めたのだ。

人の不幸の上に幸せは作れないもの。

【でもね茉莉。神城は中途半端なやつじゃないって、燎さんは言ってたよ。本人の意

思を無視した婚約なんて意味がないってね】

　意味がないか……。

　たとえそうだとしても、彼だけの問題じゃない。

　それから少し話をして電話を切ったが、紗空は私を心配してフェリーチェに来てくれることになった。

　ソファーに腰を沈めたまま、スマートフォンを持った手を座面に落とす。

　そのまま背もたれに体を預け、天井を見上げて大きく息を吐く。

『夕べの茉莉たち、とても楽しそうに見えたんだけどな』

　紗空の目には、そう映ったのね。

　当然かもしれない。胸が弾んだのは自覚しているから。

　航輝さんは私が変わったと言ったけれど、彼は美化されているはずの私の記憶よりもずっとずっと素敵だった。

　私はこんな素敵な人と会っていたのかと、ちょっと信じられないくらいに。

　三年前よりも、大人の男性の頼もしさとか自信が滲み出ていた。

　ハイスペックな人ばかりの集まりの中にいても全然引けを取らなくて。というよりむしろ私の目には誰よりも輝いて見えた。

子育てに追われる日々に流されるうち、彼への気持ちが霞んだと思っていた。青空に浮かぶ飛行機雲を見かけたときにだけ、ふと、遠い昔を懐かしく思う程度になっていたはずだったのに――。

たった一度会ってしまっただけで、こんなにも心が揺さぶられるなんて。

どうしてなの。

絶望にも似た気持ちに打ちひしがれて、両手で顔を覆う。

よりによって親友の夫の友人だったなんて。

「はぁ……」

吐いた息と一緒に力が抜けていく。

「ママ」

ハッとして顎を下げると大空がしょんぼりした顔で私を見ていた。

「いたい、いたい、なの？」

大空は頭に手をあてている。

頭痛なのかと心配してくれているのだ。

「ああ、ごめんね。大丈夫だよ」

笑顔で抱き上げて、膝の上でギュッと抱きしめる。

「ママも眠くなっちゃったの。さあ大空、もう少しお昼寝しようか」

まだ眠そうな大空は、こくりとうなずく。

一卵性ではないからなのか、少しずつ性格の違いがはっきりとしてきた。まだ熟睡している翔真と違い、大空は繊細なところがある。私のちょっとした変化に敏感に反応するから、気をつけなきゃいけない。

ベッドに寝かせ、毛布の上からトントンしているうちに、再び大空は眠りに落ちた。かわいさに目が離せず、そのまましばらくふたりの寝顔を見つめる。

大空、翔真。すくすく育ってね、と心で声をかけた。

短い恋だったけれど、大空と翔真という宝物を授かった。それだけで彼との出会いに感謝だ。紗空に協力してもらって、彼と顔を合わせないようにすればいい。大丈夫大丈夫と自分に言い聞かせる。

店番の交代時間まであと三十分。そのままごろんと仰向けになり、彼と婚約者を思い浮かべた。

早く結婚しちゃえばいいのになぁ……。

店に出て間もなく、紗空がひょっこりと現れた。

「ごめんね紗空。忙しいだろうに」

「いいのよ。贈り物を買うついでがあったから」

一緒に選び買い物を済ませて、カフェコーナーになっているカウンターへと誘う。

お客様で混み合わない限りそこで話ができる。

「来ちゃったけど、お店、大丈夫だった？」

「うん。今はこの通りお客様も少ないから。ありがとうね紗空。色々買ってくれて」

「いいのいいの。知ってるでしょ？　私はフェリーチェのファンなんだもの。この石鹸、プレゼントに喜ばれるのよ」

オーガニックのオリーブオイルでできた石鹸は、イタリアから仕入れているこだわりの逸品でファンが多い。

御曹司と結婚した彼女は、よく頂き物をするらしく、そのお返しにとフェリーチェを利用してくれるのだ。今日はクリスマス用の飾り物や、紗空お気に入りの石鹸やハンドクリームをたくさん買ってくれた。

紗空が好きな紅茶と、常備しているチョコレートを出すうち、早速航輝さんの話になった。彼女は考えながら、整理して話してくれる。

「私が聞いた話を全部言ってみるわね。神城さんはずっとヨーロッパ路線を担当している。燎さんもずっとアメリカにいて頻繁に話せてはなかったから、恋人の話は聞いた覚えがないみたいだけれど、三年くらい前、気になる女性がいるって言っていたそうよ」

「えっ、三年前？」

時期的には私たちが会っていたときと重なる。もしかして気になる女性って、私なの？といらぬ期待に胸が高鳴った。

「でも、その女性が茉莉だとすると、ちょっと変なんだ」

首を傾げた紗空は、顎に指先をかけて考え込む。

「え、なになに。どういう話なの」

いい話ではないと前置きしてから、彼女は言った。

「遊んでいるという噂がある女性なんですって。不倫して会社を辞めたとかって」

「不倫？」

がっくりとうなだれた。

「少なくとも私じゃない」

「だよね。不倫もだけど、まったく男っ気のなかった茉莉とは、ちょっとかけ離れてる」

航輝さんは、婚約者もいるのに私以外にも会っている女性がいた？

ありえなくはない。彼はびっくりするほどキスが上手だし、それから先も。下着を外すのも上手で、彼の動きに迷いはなくて。経験豊富じゃなきゃ、あんなふうには……。

共に過ごした夜を思い出しそうになり、慌ててティーカップを手に取る。

「その女性は消えたんだそうよ」

「え？　ああ、不倫の色っぽい女性ね」

色っぽいとは言っていないわと紗空は笑って否定するが、私の頭の中には、ぽってりした赤い唇のナイスバディな女性が浮かんでいる。

「ねえ茉莉。神城さんと会っているとき、そんな女性がいた感じはしたの？　自宅マンションには行ったのよね？」

「うん。行ったけど――」

片手で数えられる程度だが、彼の部屋に行って泊まっている。

興味津々だったから、実は結構チェックした。

「お泊まりしたのよね？　女性もののなにかあったりした？」

「なかった、と思う。洗面所にもバスルームにも」

歯ブラシもコスメもなかった。

なんだったらタオルが入っている棚の引き出しも使わせてもらっていたけど、どこにも女性の影なんてなくて、むしろ拍子抜けしたくらい。

痕跡さえあれば、すぐさま心にブレーキをかけられたのにと、うれしいような複雑な心境だったのをよく覚えている。

「でも紗空、三年前っていうだけじゃわからないよ。私と彼が会っていたのは、エーゲ海から日本に帰ってきてまで、全部合わせても三カ月ちょっとだし」

私と知り合ったのは、その女性が消えた後かもしれない。あるいはその前か。

「それはそうだね。茉莉と神城さんとの関係を詳しく話していいなら、燎さんに色々と探ってもらえるんだけど……」

紗空に窺うように見つめられて、ちらりと心が動く。

知りたい。とっくに婚約者と結婚したと思っていた彼が、なぜ結婚していないのか。私をどう思っているのか、すごく知りたい。

彼が言う通り、スマートフォンが壊れただけで、私を切り捨てたわけじゃなかったとしたら……。

気持ちを落ち着けるように紅茶を口にして、味わいながら思う。

でも結局、彼は婚約したままという、同じ結論に辿り着く。

「聞かなくていいよ、紗空。理由はどうあれ、彼とはこういう運命だったんだよ」

連絡先を消し、電話番号を変え、引っ越しもして。そして思った。

たったこれだけ切れる糸。私たちを繋ぐ糸は、蜘蛛の糸のようにもろかったのだ。

紗空は困ったように「うーん……」と、言葉を濁す。

「でもね茉莉、神城さんに今付き合っている人がいないのは本当みたいよ？」

だとしても。

婚約が破談になっていないからには相応の理由があるはず。

大きく息を吸って、過去に引きずられそうになる気持ちを吐きだした。

私には大空と翔真の生活という未来がある。

左右に首を振り、にっこりと笑顔を向けると、紗空も沈んだ空気を蹴散らすように
「そうそう」と明るい声をだす。

「写真を持ってきたの！」

紗空がバッグから取り出し差し出したのは、航輝さんが青扇学園に通っていた頃の写真だった。

「びっくりしちゃったわ。全然印象が違うんだもの」

彼女が指さす人物を見て驚いた。

「え？　もしかして、この人？」

「そうなんだって」

信じられない。まったく別人だ。

彼は完全に目が隠れるほど前髪を下ろし黒縁のメガネをかけている。雰囲気も暗く、姿勢も悪い。

「女除けなんですって。綺麗な顔がわからないように。どうりで私も見た記憶がないと思ったわ。でもメガネのこの人なら確かに覚えているの。いつも猫背でうつむいていたから」

青扇学園は学年を超えた交流があるらしく、紗空が一年生のときに三年生だった彼女の夫やレストランバー氷の月にいた面々もしっかりと覚えているという。

「見てほら、これが素顔の神城さんよ。プライベートで燎さんたち男だけでいるときは、今と同じじゃね」

「本当だ」

今よりは幼さが残るが、そのまんまの彼がいる。

打って変わって明るい陽気な笑顔の彼だ。

写真は幼稚園の頃からあって、目にした途端息を呑んだ。大空や翔真に驚くほど似ている。とくに笑顔なんて大空そのままではないか。

「茉莉、『神城技研工業』ってわかる？」

「テレビCMで見る神城技研工業？」

だとすれば、有名な一部上場企業である。

「そう。今の社長は航輝さんのお父様だそうよ」

ギョッとした。御曹司だとはわかったが、まさかそんな有名企業だとは。お父様が社長というだけでなく、神城と名がつくからには創業者一族ということか。

「――お父様、パイロットじゃないの？」

確か紗空は、旧華族の家柄で父親も兄もパイロットだと言っていたはず。

「元パイロットなんですって。お父様は五十歳でパイロットは引退したそうよ。航輝さんのお兄様もいずれは引退して家業を継がれるらしいわ。神城家は――」

紗空の話は途中から耳に入らなかった。

神城技研工業は車だけじゃなく飛行機も作るから、パイロットという職業は無関係じゃない。なるほどと思う反面……。

「あ、あはは」と思わず笑った。

何度聞いても信じられない。

もう、どこまで遠い存在なの。遠すぎて、笑うしかないよ……。

＊＊＊

ロッカーでパイロットの制服に着替えを済ませ、腕時計を見た。

朝八時。予定より三十分早い出勤だ。

出発の一時間半前に出社する規定になっているが、気象庁の天気図を見て停滞している前線が気になった。コーヒーでも飲みながらパイロットレポートを見ようと思い早めに来たのである。

運行管理部へ行き、まっすぐコーヒーサーバーに向かう。

「神城さん、おはようございます」

ブレンドのボタンを押そうとした手を止めて振り返ると、新人のCAがいた。

「今日はよろしくお願いします」

「おはようございます田中(たなか)さん。よろしくお願いします」

「名前、覚えてくださったんですね」

前回同じチームだったが、彼女はCA間でのブリーフィングに遅刻していた。先輩CAに怒られ号泣し、泣くなとまた怒られていた新人だ。フロアに響いた『すみません!』という泣き声は忘れようがない。

だが、そうとは言えないので無難に返す。

「一度でも同じチームになったメンバーは忘れません」

「あ、そ、そうでしたか。あの、コーヒーお淹れしましょうか?」

期待に満ちた目をする彼女を「いえ、結構」と軽くいなし、「そうですか」という細い声に背中を向けた。

時を置かず「今日もかわいいねー」という声がして、田中の笑い声が響く。

ふと茉莉の涙を思い出す。

茉莉……。昨夜の燎の帰国祝いに、まさか彼女が来るとは――。


彼女と出会ったのは三年前のヨーロッパ。エーゲ海。

あのとき俺はひとりでのんびりしようと休みを取った。決めた場所はギリシャ、エーゲ海に浮かぶサントリーニ島。

白い壁と青いドーム。見渡す海。色の少ないかの島で、予定を立てずにただのんびりとして三日ほど過ごすつもりでいた。

島へ向かった日、地中海はかなり荒れていてクルーザーは激しく揺れた。

さほど大きくない船だったのもあるんだろう、椅子に座っていてもテーブルに掴まっていないと椅子ごと転ぶほどの揺れに、多くの客が船酔いに苦しみはじめた。

俺は平気だった。子どもの頃は乗り物酔いもしたし、パイロットの訓練生だった頃は空酔いで苦しんだ経験もある。だが、訓練の過程で鍛えられ、今では乗り物全般酔わない。

声をかけてきた肉食系のイタリア女と話をしながら、地獄絵図の船内に背中を向けてデッキに立ち景色を眺めていると、ノーサンキューという声とともに『もう嫌』と日本語が聞こえた。

振り向くと、若い女がデッキに手を掛けうずくまっていて、いかにもナンパな男が執拗に彼女の体に触っているように見えた。

それが茉莉だったのである。

茉莉は童顔なのも相まって、かわいらしい。いくらか痩せ気味とはいえ日本人では標準体型だが、ヨーロッパでは華奢（きゃしゃ）に見える。キュートで美人な女性のひとり旅とみてナンパする男がちらほら見えた。

はっきりノーと拒絶する姿に感心していたが、具合が悪いところにつけ込む男の様子はいかにも怪しく、見ていられずに声をかけたのだ。

スイートルームに誘ったからといって、もちろんどうこうするつもりはなかった。どちらかといえば迷い猫でも拾った気分だった。

彼女はボロボロに傷ついていて、夢に破れ泣いていた。

健康問題という自分ではどうにもできない理由で、夢をあきらめざるをえない彼女の無念さを思うと、突き放せなかった。

寂しいとき、つらいとき、細い肩が誰かの温もりを求めるのは当然だろう。

悲しみもなにもかも、青い海の泡にして流してしまえばいい。すべて忘れさせてやりたいと強く抱いた——。

涙を浮かべながら俺にしがみつくようにして、彼女は必死に応えていた。

思えばあのときから茉莉は、俺の心に棲みついた。

エーゲ海でいったん別れたときにSNSを交換したが、その後彼女からあったメッセージはシンプルなものだった。

【無事ホテルにつきました。ありがとうございました。教えてもらったレストラン、行ってみますね。では】

元気で、と返していれば終わっていただろうに、そうはしなかった。

俺の意志であり、彼女が誘ってきたわけじゃない。

【一緒に行こう】と、俺が茉莉を誘ったんだ。

『俺と付き合ってくれないか？』

そう言ったとき、茉莉は意味がわかっていなかった。

『どこにですか？』

無邪気にそう答える彼女を抱きしめて、囁いた。

『俺の恋人になって』

茉莉は俺のかわいい恋人になった。

だが、茉莉はどうだったんだろう。笑ってはいたが、心の中は……。

確かに付き合った期間は短い。だが、俺たちの絆（きずな）はしっかりと結ばれていたんじゃないのか。

三年前のあの日――。

一生を共にしたい。俺の隣にいるのは茉莉以外考えられないと腹を決め、指輪を注文し、フライトを終え帰国したらプロポーズをするつもりだった。

そして、ロンドンに発った。

彼女が指輪を喜んで受け取ると、信じて……。

いったい俺は、なにを見落とした？


深い息を吐き、カップを手に取ると、ポンと肩を叩かれた。

「おはよう神城」

振り返ると同期のコーパイがいた。

「相変わらずクールだなぁ。田中さんしょんぼりしてたぞ」

さっきの会話を聞いていたらしい。

「スイッチを押すだけなのに、やってもらう理由がないからね」

「まったく、見た目と違って、身も蓋もない奴だ」

昔から、いつも笑っているような目もとだと言われる。

だからって優しいわけでも笑っているわけでもない。

ため息交じりに「で？　どうだった？　フライトは」と聞いた。雑談はさておき、
彼もヨーロッパ路線だ。なにか情報があるかもしれない。

さすがに彼もパイロットである。新人ＣＡをからかっているときとは表情を一転させて、「まいったよ」と頭を振る。

「どうした?」

「向こうの間抜け管制がやらかして、危うくニアミスだ」

管制官が機体ナンバーを言い間違えて着陸時の指示を出したらしい。実際には言ってすぐに間違いに気づき修正したというが。ニアミスは大げさとはいえゾッとする話には違いなく、思わず顔をしかめた。

どんなに気をつけていてもヒューマンエラーは避けられない。かといって完全な自動操縦になるにはまだ長い年月がかかるだろう。現在もパイロットが必要データを入力した上での自動操縦だ。突発的な事態に対応するのは、パイロットの判断にゆだねられている。

俺たち旅客機のパイロットは、百人を超える人々の命を預かって飛ぶ。管制官の言葉に従ったという言い訳は通らない。信頼しつつ、幾重にも用心を怠らない心構えでいくしかないのだ。

「それで神城は、どうかしたのか? 随分早いな」

「前線が気になってね」

上空の話を少しした後、ふいに彼が「キャプテンは誰?」と聞いてきた。

俺はふたりの名前を挙げた。ヨーロッパ路線は遠距離のため、キャプテンがふたり搭乗し、途中交代する。

「湖山さんか」

意味深にニヤリと口もとを歪めた彼は、「Have a nice flight」と軽く俺の背中を叩き、きびすを返す。

湖山キャプテン。

五歳年上の先輩。容赦なく鋭い指摘をしてくる厳しい人だ。ついでに言えば俺の名ばかりの婚約者、湖山麗華の従兄である。

麗華は子どもの頃に俺に助けられて以来、俺をヒーローのように思っていて、結婚すると言い張っている。小学生の頃の話でなんとも思っていなかったが、三年前、茉莉との未来を決めたとき、はっきりさせるべく婚約の件は断った。

だが、執着は今も続いていて、ときどき空港にも現れるものだから、空港中に婚約者がいると、まことしやかに噂になっているらしい。

彼の意味深な目配せもその噂を含んでいる。

頭痛の種をため息で吐き出し、コーヒーを飲んで気持ちを落ち着けた。

今はフライトに集中しなければならない。

雑念を振り切ってパソコンの画面と、パイレップ、すなわちパイロットレポートに目を向ける。

七千フィートあたりに弱い乱気流……。それ以外、気になっていた前線も大きな問題はなさそうだ。

「早いな」

振り向くと湖山キャプテンがにっこりと微笑んだ。

「おはようございます」

そういう彼も早い。やはり前線が気になったんだろう。天気図に視線を落とした彼と、早速上空の話を始める。

そのうちもうひとりのキャプテンも来て、ディスパッチャーが慌ただしく書類を並べた。

「お待たせしました。最新のパイレップです。このあたり高めの高度は揺れるみたいですね。あとこちらですが着陸時ウインドシアに遭遇したようです」

続けてフライトプランの説明を聞き、気になる箇所を確認。瞬く間に時間は過ぎた。

「とりあえず大きな問題はなさそうですね」

すべて確認を終えたところで、ディスパッチャーの彼が俺たちの分もコーヒーを淹れ配った。

他愛ない雑談の後ディスパッチャーともうひとりのキャプテンが消え、「神城」と湖山さんが声をかけてきた。

「はい」

「お前には言っておくが、近々俺はパイロットを引退する」

「というと……」

「ベンタスの役員になる」

株式会社ベンタス・ジャパンは、麗華の父が現在の社長だ。

彼は俺が麗華と結婚してベンタスを継ぐつもりでいると思っていたらしい。婚約そのものを否定した時点で、その気がないとわかってくれたが、こうして報告するには確認の意味もあるのだろう。

俺は彼が安心できるように、にっこりと微笑んだ。

「上にはもう言ってあるんですか？」

彼はこともなげにうなずくが、優秀な人材ゆえ当然引き止められたはず。

「俺はここの自社養成でパイロットになったわけじゃないからな。別段反対もないだろう」

ここ、ＬＪＪ＝『ルージェット日本（にほん）』にはパイロットの養成制度がある。

ひとりのパイロットを育てるために数千万の費用がかかると言われている。自社養成の場合は自由に転職というわけにはいかないが、彼はアメリカで資格を取り経験を積んでからここに来た。

「お前が麗華の婿になってトップを目指すならそれでもいいと思っていたんだがな。神城なら神城家という強力な後ろ盾もできる」

ニヤリと片方の口角を上げ不敵な笑みを浮かべる彼に、笑ってかぶりを振る。

エアラインの経営にはまったく興味がない。

「かいかぶりですよ。そもそも俺はそんな器じゃありません」

「首席卒業。次世代ナンバーワンがなにを言う」

苦笑する俺の肩を彼は掴む。

「神城、俺は代表を目指すぞ」

「がんばってください」

「ああ。伯父を倒す勢いでな」

笑って俺の肩を叩く手は力強かった。

伯父とは麗華の父であり、ベンタスの創業者、湖山一族の長ともいえる存在である。同じ湖山でも傍系にあたる彼が代表を目指す道は険しいはずだ。

だが、背負うものがどんなに重くても、一流のパイロットである彼ならば、きっとやり遂げる。尊敬される経営者になるに違いない。

頼もしく思いつつ湖山キャプテンの背中を見送ると、ふとため息が漏れた。

あとは俺の問題だ。

今回のフライトの後、麗華の件も含めて、すべての決着をつける。

偶然だが、次のフライトの後に二週間の休みはとってある。なにをするにも十分な時間だ。一つひとつ解決しよう。

茉莉については、燎から知りうる限りの情報を聞いた。

燎から聞いた情報で、店の名前と場所もわかったし、彼女の生い立ちについても初めて知った。

早世した実父と母親の再婚。老舗和菓子屋の一族は彼女につらくあたったそうだ。幼い彼女に家事を押しつけ、学歴は必要ないと言い放ったという。

奨学金で進学した茉莉は大学の寮にいたが、正月も夏休みも実家に帰らず、ほぼ全員が帰った寮でひとりアルバイトに明け暮れていたそうだ。そんな茉莉を、実家暮らしの紗空さんがよく家に呼んだという。

俺は、茉莉のことをなにも知らなかった。

彼女が消えて、いざ捜そうにも手掛かりがなくて途方に暮れた。

茉莉は、元CAでツルノマリと俺に名乗っていた。茉莉がいた航空会社でパイロットをしている友人に確認すると、ツルノマリという元CAは確かにいた。

友人はツルノマリを、パイロットと不倫関係にあるとか、男にだらしない女だと言っていたが、にわかには信じがたく、情報を集め続けた。

手を尽くしてなんとかツルノマリの居場所は突き止めたが、人違い。

となると、残された手掛かりは元CAで、都内の雑貨店で働いているというわずかな情報のみ。住まいも学歴も友人関係も、結局なにもわからなかった。

せめて、俺が電話番号を変えず、引っ越しもせずにいれば、ふらりと彼女が現れて、ごめんねと笑うかもしれない。

そう思いながら、自分の不甲斐なさにどれほど後悔したか。

あれから三年……。

恐ろしく長かったはずだが、過ぎてしまえば一瞬だなと、ふと思う。

茉莉と付き合った三カ月がつい最近のように感じるのは、俺の気持ちがなにも変わっていないからだ。

茉莉にとっての三年はどうだったのか。俺と別れて、彼女はどんな景色を見ていたのか。

離陸する飛行機に、茉莉を重ねる。

同じ轍は踏まない。

俺が帰るまで、また彼女が消えないよう、居場所だけは突き止めておいてほしいと

燎に頼んだ。紗空さんが親友である限り心配はないだろう。

彼女がなぜ消えたのか、まずは理由を突き止める。

＊＊＊

ハロウィンが終わると、店の飾り付けは一気にクリスマスディスプレイに変わる。

年末から年始にかけて商店はどこも繁忙期だ。

それはフェリーチェも同じ。

大きく開け放ってある入り口の、キラキラした赤と緑のモールをくぐり中に入り、

奥へ長い二十坪の店内を進む。

週が明け、月曜日。

今日、私は店番の予定ではないが、祖父に子どもたちを見てもらって少しだけ仕事

に来た。

「いらっしゃいませ」とお客様に笑顔を送り、接客中の祖母と視線で挨拶を交わし、レジカウンターにいるアルバイトの女性に小さく「お疲れ様でーす」と声をかけながら中に進む。

私が入ったのは、店の最奥にあるストックルーム。

ストックルームの入り口は、店内から見えにくく扉はない。その分物音は聞こえるし、目線には横に長い飾りガラスがあり店内の様子がわかるので、忙しくなるとすぐに対応できるようになっている。

片隅にある事務机の椅子に腰を下ろし、パソコンを立ち上げた。

ブラウザを開くとフェリーチェの文字が浮かび上がる。開いた画面はフェリーチェのネット通販の管理画面だ。

二年前から私の提案でネット通販を始めた。

現在扱っているのは数千円から一万円程度の小物で、ベネチアングラスのアクセサリーがほとんどだが、順調に売上を伸ばしている。

今日も無事注文が入っているようで、ホッと胸を撫で下ろした。

三年前、私がここで働くと決めた当時、祖父母はこの店を貸店舗として手放すつもりでいたが、私たち親子のために、もうひと踏ん張りしようと決意してくれた。

この店と祖父母の協力がなかったら、今の幸せな毎日はない。どうなっていたかと思うと、それだけで気持ちがつらくなる。

妊娠発覚当時、私はひとり暮らしだった。

妊娠がわかり、藁にも縋る思いで私は金沢の実家に向かった。

大学の寮に入って以来、一度も実家に帰っていない私を、しかも妊婦の私を、義父が受け入れてくれるとは思えなかったが、それでも一度は頼ろうと思ったのだ。

『ずっと顔も見せなかった恩知らずが、なにしに来た！　お前のような娘はいらん！　二度と敷居を跨ぐな！』

たまたま母はおらず、激怒する義父に玄関先で追い返された。

結局、母に妊娠を報告できないまま東京に帰ったが、悪阻も日に日に酷くなるばかり。起き上がる元気もなく流す涙も枯れ果てて、死んだようにベッドで横になっていたところに、祖母が心配して訪ねてくれた。

玄関まで行く力もなく、這うようにベッドを下りたとき、合い鍵で入ってきた祖母が『茉莉！』と駆け寄ってきて、そのまま病院に入院。

泣きじゃくって妊娠を報告する私を祖母は『おめでとう。もう心配ないからね』と抱きしめてくれた。祖父も『色んな生き方がある時代なんだから』と笑って、シングルマザーになった私を受け入れてくれたのである。

双子だったので出産前に入院したりと大変だったし、路頭に迷わずに済んだのは祖父母のおかげにほかならない。

だが、母にも言われた通り、いつまでも甘えてはいられない。

私がここを出ると言ったら、祖父母は予定通りここを手放すだろうし、もし私が本気で続けるなら、覚悟を決めなきゃいけない。祖父母から買い取るくらいの強い決意が必要だ。

私にそれができるのか。

「どう？　通販売れてる？」

祖母がひょっこりと顔を覗かせた。

「うん。ネックレスがいくつか」

画面を見せながら売上状況を説明する。

「有料なのにプレゼント用の包装を頼んでくる人が多いの」

「なるほど。贈り物にしてくれるのね」

それから少し話をして、祖母は持ち場に戻った。

ふと、祖母に相談しようかなと迷う。

パーティーで航輝さんと会ってからすでに二日が過ぎた。

今日で三日目になる。彼はおそらく明日帰国するというのに、まだなんの心構えもできていない。

ここへ来るわけがないとは思うが、万が一もあるし。

とはいえ、ひとまず悩むのは後回し、祖母に相談するとしても夜だ。お店にいるうちは仕事に集中しよう。

今日は天気がいいせいかお客様の入りがいい。

「いらっしゃいませ」と、祖母の明るい声を聞きながら、販売サイトに新たな商品をアップし、売れた商品の梱包をして。そうこうするうち瞬く間に時間が過ぎていく。

お客様の数が少し落ち着いてきて、ホッとひと息ついた夕方の五時頃、ひとりの男性客が入ってきた。

「いらっしゃいませ」

彼は私を見ると微笑みかけてくる。

年齢は四十代くらいだろうか。どこかで見た記憶があると考え、ドキッと心臓が跳ねる。右目の泣きぼくろで思い出した。

まさか、大福（おおふく）さん？

色々あって、すっかり頭の隅に追いやられていたが、母が持ってきたお見合い相手の男性、大福さんに感じが似ているような気がする。

でも来るとは聞いていない。写真でしか見ていないから人違いかもしれないし、もし私に会いに来たならば、声をかけてくるだろう。

緊張しながら近づくと「茉莉さんですよね？」と、彼はにっこり微笑んだ。

「もしかして、大福さんですか？」

「ええ。突然おじゃまして失礼かと思ったのですが、都内に用事がありましてね。茉莉さんがどのようなお店にいらっしゃるのかと興味があったもので」

どうしよう。答えが出ていない。

航輝さんとの思いがけない出会いのせいで、縁談について考える余裕がなかった。

「どうぞ」

頭を抱えたくなる思いで、カウンター席を勧める。

店内にお客様は数人いるが、接客が必要な雰囲気の客はおらず、アルバイトの晴美（はるみ）さんもレジの横に立ってお客様たちの様子を窺っている。

カウンターの中で彼と話をしても、今なら問題はなさそうだ。

「コーヒーでよろしいですか？」

「ありがとうございます。素敵な店ですね」

他愛ない会話からスタートする。

表情も話し方も穏やかな雰囲気を漂わせる男性だ。

母に見せられた写真では旅館の若旦那らしく和服だったが、今日はグレーのセーターにスラックス。上から黒っぽいコートを羽織るという服装である。

私よりもひと回り以上年上というだけあり、実物の彼はとても落ち着いて見えた。

「今少しお話ししていて大丈夫ですか？」

「ええ。もしお客様が増えてきたときはすみません」

ドキドキしていると、彼は唐突に「実は」と話しはじめた。

「わけあって」

んっ？

「もしよろしければ、あなたのお子さんを、僕の子どもとしていただければ、ありがたいと」

「それはどういう――」

「たとえば、実は三年前にわけあって別れてしまったとか。僕の子どもだということにしていただけないか、と思いまして」

啞然とする私に、彼はやや照れながら続ける。

「女性従業員が話しているのを小耳に挟んだのですが。恋愛小説のジャンルにシークレットベビーというのがあるそうで」

シークレットベビーを知らないわけじゃないが、思わず首を傾げた。

「あの、大空と翔真をあなたとの子だと、嘘を？」

「ええ──虫のいい話だとは重々承知ですが」

言葉を失う私に、彼はずっしりと重い話をした。

彼は子どもができない体質なのだという。それを両親に知られ心配かけたくないのだというのだ。

「自分の息子と思って大切に育てさせていただきます」

それから少し世間話をして、彼は雑貨を数点買って帰った。

店の外まで見送り、途中で振り返った彼に頭を下げる。

〝僕の子どもだということにしていただけないか、と思いまして〟

男性が口にするには不自然な〝シークレットベビー〟という言葉が、頭の中をぐるぐる回る。

世の中には色んな人がいるとわかっているが、自らそんな提案してくるとは。

予想の斜め上をいく発言にただ驚くばかりだ。

消えていく大福さんの背中に問いかけた。

うちの子どもたち、大福さんとはちっとも似てないですよ？

夢と現実の狭間

四日ぶりの日本が見えてきた――。

着陸に備えランディング・ブリーフィングが済むと、機長が「神城」とあらためて声をかけてきた。

「君に任せよう」

「はい」

呼吸を整え宣言する。

「アイ・ハブ・コントロール」

そして操縦桿を握った。

「ユー・ハブ・コントロール」

機長がチェックリストを読み上げ、一つひとつ順番に確認する。着陸用フラップをセット、ギアダウン――。

「以上。チェックリストコンプリート」

管制からの着陸許可が下り、降下を始める。

風は正面、パワー、スピードともに問題ない。

雲の切れ間から滑走路が見えはじめ、アプローチライトがくっきりと現れる。

「ファイブハンドレット」

機長がコールアウトをする。接地は間もなくだ。

「チェック」

集中力を高め、計器に視線を走らせスキャンする。降下率、速度、トラック、風、異常なし。だが——。

接地直前で操縦桿がガタガタと揺れ、急速に機体が沈みはじめる。

やはりきたか。

すぐさまピッチとパワーを足す。速度をチェックしながら沈みが止まるのを待ち、微調整しながらランディングに入る。

ゆっくりと滑走路を出て、指定された駐機場へ向かう。

ホッとしたところで、機長が「ナイスランディング」と笑った。

「君の予想通りだったな」

「ええ。備えておいてよかったです」

南から前線を伴った低気圧が接近している。天気図では問題なかったが、影響があるかもしれないとランディング・ブリーフィングで伝えていた。

とはいえ、風が回ってこない可能性も高い。滑走路の長さと示し合わせギリギリの選択だった。

「君が指摘しなければ、君には任せなかったよ」

機長はニヤリと口角を上げる。

「わかってはいても瞬時に対応するのは難しい。さすがだよ神城」

「ありがとうございます」

機長と別れ、すぐ麗華に電話をかけた。

さあ、一つひとつ片付けよう。

「話がある。ちょっと会えないか？」

待ち合わせの場所を指定しただけで電話を切る。

双方の家が絡んでくる。できれば軋轢（あつれき）は生みたくなかったが、今回ばかりはなんとしてでもはっきりさせなきゃならない。

麗華が泣こうが喚（わめ）こうが。

空港内を歩いていると「ああ、神城」と声をかけられた。

振り返ると、友人のパイロットがいた。以前茉莉について聞いた彼だ。

「三年前になるが、俺が前に聞いた女性は〝マリ〟違いだったよ。ツルノマリではなく、鶴見茉莉だ」

茉莉の嘘だったのか、俺の聞き間違いか、茉莉をツルノマリだと思っていた俺は、同じ航空会社の彼にツルノマリを知っているかと聞いたのだった。

「ああ、鶴見さんね。そういえば彼女も〝マリ〟っていう名前だったか」

ふたりは同期な上に名前が似ているので、混乱しないようツルノマリはマリさん、茉莉は鶴見さんと呼ばれていたらしい。

「鶴見さんは気の毒だったな。よく覚えているよ。優秀だし性格もよくてね。耳のほうは落ち着いたのかな」

「ああ。もうすっかり元気だ」

友人の話ではツルノマリという女性はかなり男関係が派手だったらしい。それを聞いて怪訝に思ったが、やはり人違いだった。

まぁ、そもそも疑ってはいなかったが、友人の口から褒められると悪い気はしない。

幸先のいいスタートに満足し、足早にオフィスに向かう。

ロッカーで着替えていると、湖山キャプテンが遅れて入ってきた。

「お疲れ」

「お疲れ様です」

フライト前はストレスを避けたくて言えなかったが、今なら言える。

「これから麗華に会って、もう一度はっきりさせてきます」

「そうか。俺も家の親にあらためて伝えておく」

「よろしくお願いします」

湖山さんは大きくうなずく。

「ところで、聞かせてくれないか？　許婚になるきっかけが、なにかあったんだよな？」

「原因となったのは――」

記憶を遡りできるだけ正確に事実を伝えた。

俺が十歳の頃。場所は麗華の家の別荘の庭。麗華と俺は池のほとりにいて、池に落ちそうになった彼女を助けた。それだけだ。

『こーおにいちゃんのおよめさんになる！』

「麗華がはしゃぎ、母親同士が盛り上がってそうなりました」

「たったそれだけで？」

湖山さんが呆れるのも無理はない。俺だって信じられない。たったそれだけででき
たしがらみが、二十年後まで続くとは思いも寄らなかった。
「麗華も大人になれば忘れると信じてたんですが」
彼女の両親が、神城との縁組をこれ幸いに望んだのもあるだろう。神城の力は大き
い。俺が湖山の姓を受け継ぎベンタスの代表になるという道筋まで勝手に描いた。
湖山さんが大きくため息をつき、かぶりを振る。
「麗華とはもう何年も会ってないが、あいつは子どもの頃から甘やかされすぎだ。よ
うやくできた子どもなのもあって、伯父さんも伯母さんもふたつ返事で麗華の言いな
りだから」
身に覚えがあるのか、束の間彼は考え込んだ。
「とにかく、麗華との結婚はありえません。彼女がまだ納得しないようなら、仕方あ
りません。弁護士に任せるつもりです」
苦笑した湖山さんは、何度もうなずいた。
「当然だ。よくわかったよ。なにか困ったときは言ってくれ」
「ありがとうございます」
力強くうなずく彼の笑顔は心強いが、自分の問題である。

彼の手を煩わせず、なんとかするしかない。

麗華との約束の店には十五分前に着いた。

届いたコーヒーをひと口飲み、今日のフライトを振り返る。

今日の成田も危うかったが、行きのロンドン・ヒースロー空港はとにかく風が酷かった。ダイバート（目的地変更）にならずに済んだが、管制からの報告は横風制限値ギリギリ。タイミングによってゴーアラウンドを余儀なくされたシップもあった。

空は生き物だ。どれほど下調べをしても実際に飛んでみないとわからない。あらゆる不測の事態を想定し、厳しい訓練をしてきたゆえに動揺はしないが、やはり疲れる。

さらにコーヒーを口にして、細く息を吐いた。

暮れなずむ通りに目を向け、そのまま空を見上げたが視界に飛行機はない。

思えば十歳のあの頃から、気づけば空を見上げ飛行機を探していた。コックピットにいる父に憧れ、パイロットになることしか考えていなかった。

麗華を助けたときも飛行機が飛んでいたのを覚えている。

確か高翼の大型輸送機だった。およめさんになると騒いでいる彼女を尻目に、俺は空を見上げていたのだ。

あのとき、はっきり嫌だと言っておけばよかったのか。

十歳の自分を振り返り、それは無理だとため息が漏れた。結婚などまるで関心がなかったのだから。

通りにタクシーが停まり、若い女性が降りる。

湖山麗華だ。身長は一六五センチくらいか。踵の高いヒールを履き、痩せぎすの体をブランド物で包んでいる。

彼女はただの一度も働いた経験はなく、かといって習い事も続かない。親の庇護が なかったら一日たりとも生きていけない人形のような女。

「お待たせ」

麗華はにっこりと笑みを浮かべる。

令嬢らしくゆっくりと腰を下ろした彼女は、ごく一般的に見れば美人だ。家柄もいい。内面的に問題はあったとしても、条件のよさゆえ縁談には困らないだろう。

俺に固執する理由はないはず。

麗華は俺を好きだと言うが、少なくとも彼女からは温かい愛情を感じない。

「久しぶりね。ずっと連絡くれないから心配していたのよ」

前回会ったのはひと月前か。

と言ってもふたりで会ったわけじゃない。実家に帰ったら彼女が彼女の母親と一緒にいただけだ。

それに俺から麗華に連絡したのは、三年も前だ。結婚する気はないと告げる目的でしか、彼女を呼び出していない。

「注文を済ませよう」

「ええ、そうね」

彼女が好きなように任せる。

「ワインを頼んでもいい？」

「どうぞ」

メインは魚介類のソテーというコース料理を食べながら、しばらくは麗華の話を聞いた。

彼女は働かない理由も習い事が続かない理由もすべて、身体が弱いからというが、病名があるわけじゃない。人に合わせることができないからだ。

今も一方的に話をしている。

「――それでね、友だちと一緒にそのお店に行ったんだけど」

デザートまで進んだところで、永遠に続きそうな彼女の話を遮った。

「麗華。今日誘った理由なんだが」

「えっ、ああ、ごめんなさい。私ったらしゃべりすぎちゃったわね」

単刀直入に切り出した。

「はっきりしたいんだ」

彼女にとっていい話ではないと察したらしい、笑っていた頬に緊張が走る。

「三年前に言った通り、婚約はなしだ。これ以上なにか異議があるなら、弁護士を立てる」

「なにかと思えば、そんな話」

言葉を遮り、顎を引いた麗華は皮肉な笑みを浮かべる。

「今まで何度も何度も繰り返し伝えてきたよな？　俺はお前と結婚する気はない」

麗華は目を合わせようとしない。

「ここまでだ。あとは弁護士と話してくれ」

会計を済ませようとしてボーイを呼ぶと、麗華が慌てた。

「ちょ、ちょっと待ってよ」

無視してクレジットカードをボーイに渡す。

「いいの？　あなたのお兄さんはパパの会社にいるのよ？」

麗華はニヤリと口もとを歪める。

「だからなんだ」

兄貴になにかするつもりなのか？

動揺を悟らせないよう、無表情の能面を貼りつけ、ボーイが戻ってきたところで席を立つ。

「もう終わりだ。君に付き合う理由はない」

＊＊＊

「おやつよ。おてて洗って」

「はーい」

洗面所にパタパタと走っていく子どもたちの後からついていき、ふたりが台の上に上り洗面所で手を洗うのを助ける。

「はい。よくできました」

今日のおやつはサツマイモを入れたお手軽な蒸しパンだ。小松菜のピューレを混ぜた蒸しパンは鮮やかな緑色で、顔を出した黄色いサツマイモとの彩りが綺麗に仕上がった。

子どもたちも「わあー」と瞳を輝かせる。

おぼつかない仕草で、軽く温めた牛乳を飲みながら、蒸しパンを頬張るふたりを見ていると、おのずと頬が上がってくる。

ほっこりとした幸せなひとときだ。

「美味しい？」

「おいしー」と同時にふたつの声が響く。

ふとカレンダーが目に留まった。

紗空の帰国を祝うパーティーがあった日に丸印がついている。あれから四日が経った。

帰国したはずの航輝さんからは、なんの音沙汰もない。

『それなら今後、気兼ねなく誘えるね』

なんて言ったのに……。

やっぱり来ないじゃない。

もし連絡があるとすればこれからかもしれないが、以前彼とやり取りしていたSNSはアカウントごと消してしまったままである。彼が私に連絡をしようにも手段はなく、誘ってくるはずがないのだ。

店に来られたら、もっと困る。

わかっているのに、私ったらどうしちゃったんだろう。

せっかく紗空が調べてくれると言ったのに、それも断っておきながら、胸の中がウズウズして仕方がない。

ため息をつき、緑色の蒸しパンを思い切りかぶりつく。

小麦粉とベーキングパウダーに黒糖でほんの少し甘くしただけの素朴な味わいに、いくらかなぐさめられるような気がする。

連絡なんてなくていいんだ。これでいいのよと、自分に言い聞かせた。

「牛乳も飲むんだよ」

蓋つきのカップから飛び出しているストローをふたりはチュウチュウと吸う。ガーゼで口もとを拭いたり世話が焼けるが、それが今の私の幸せだ。

ほかになにもいらないとしみじみするうち、心の波が落ち着いてくる。

「ごちそーしゃまー」

「はーい」

おやつタイムが終わり、子どもたちはリビングでお絵描きを再開する。

「ママ、ヒコーキ、かいて」

テーブルいっぱいに広げてある紙に、ふたりが思い思いの絵を描いている。

その中に、飛行機に見えなくもない絵があった。

「はーい。じゃあ何色がいい？」

大空が「これー」と差し出した水色のクレヨンで飛行機の絵を描く。まずは胴体を描き。

「これが、主翼ね。これがエンジンでしょ」

今日はT字尾翼にしてみよう。

ん？　あれ？　バランスが。やっぱり通常型に変更。

そういえば、航輝さんとふたり空を見上げ、飛行機当てのクイズをしたな。なんて思い出しながら描く。

もちろん彼はいつだって正解。

パイロットだもの、そりゃ当てるわよね。視力だっていいし。

「垂直尾翼に、水平尾翼。はーい、出来上がり」

そもそも絵が下手なので仕上がりはいまいちだが、二歳児よりはいくらかマシだ。

「翔真は、なに描いてるのかな。えっと？」

ご満悦の表情を浮かべる翔真が描いているのは、おそらく人？　丸の中に目らしき丸と口がある。

「ママ、しょら、しょーま」

「それは誰かなぁー？」

「ママー」

なるほど、どうやらふたりの真ん中に私を描くらしい。

私を挟んで両脇に大空と翔真。手を繋いで歩くときは大体こうなるから、それを再現しているのか。

この子たちにパパがいれば、パパとママが外側に行き、子どもたちが真ん中か。もしくはひとりずつ抱いて歩くとかするんだろう。

大福さんを思い浮かべようとしたはずが、航輝さんが浮かぶ。

ダメだ。よりによって航輝さんと再会してしまったのがつらい。

まいったなぁ。

フェリーチェを継ぐ〝覚悟〟。母が持ってきた縁談に、航輝さんとの再会。どれひとつとっても重要だし、答えは出ない。

一気に現れた人生の岐路に、戸惑うばかりだ。

せめて、このまま永遠にここで幸せに暮らせたらよかったのに。そうもいかない。

くっきりと描きはじめた未来図が、途中でぴたりと止まってしまう……。

大福さんは、一週間用事で都内にいるらしく、最終日にまた連絡すると言っていた。

『そのとき、できればお返事を聞かせてくれますか？　まずはお見合いをするかしないかの返事を』

今はまだ母と義父しかこの縁談を知らないらしく、私が承諾すれば、お見合いとしてではなく、再会した恋人として金沢に来てほしいと言われた。

シークレットベビーについては驚かされたが、話してみた印象では優しげな人で、少なくとも即答で断りたいとは思わなかった。

いずれにしろ返事をする前にもう一度、大福さんから聞いた話を母とも相談してみようと思っている。

紗空には大福さんの話をしていない。言えばまた彼女に秘密を持たせてしまうから。

なにからどう考えたらいいか、頭の中がグチャグチャでまとまらない。大きく息を吐いて、気を取り直し、子どもたちの絵を覗き込む。

「大空はなに描いてるの？」

「ひこーき」

えっ、ただの楕円だからわからなかった。

「ほんとに大空は飛行機が好きなのね」

航輝さんが『俺も子どもの頃から飛行機が好きだったな』なんて言っていたのを思い出す。

いっときは、彼のことならなんでもわかっている気がした。

でも、よく考えればそうじゃない。

婚約者もだが、彼の家が神城技研工業の創業者一族だなんて知らなかった。

結局私は、肝心なところはなにも知らなかったのだ。

お昼になり上の階に移動して、祖父と一緒に昼食をとる。

私が調理中は祖父が子どもたちを見ていてくれるので、とても助かる。

子どもたちが歩けるようになってからは、本当に目が離せない。猫の手ならぬ祖父母の手は私にとって神の手と同じ。

リビングから「ほらほら、そこは危ないから気をつけなさい」と祖父の声が聞こえてきた。

振り返るとキャハキャハ騒ぎながら、大空と翔真がドタバタ追いかけっこをしていて、祖父はソファーで新聞を読みながら、ときどき視線を上げて子どもたちの様子を見ている。

うるさいだろうに祖父の表情は穏やかで、本当にありがたい。

さあ、できた。

「今日は焼きうどんよー」

お昼を終えて、子どもたちのお昼寝タイムになると、祖母が戻ってきた。

これから先は、私が店番だ。

「どう？　おばあちゃん。お客さん入ってる？」

「まあまあね。小雨が降ってきたから客足は伸びそうもないわ」

窓を振り返ると、細い雨がガラスに跡をつけている。

「あ、ほんとだ。天気予報あたったんだね」

寒い冬の雨は冷たい。フェリーチェのような雑貨屋にわざわざ来る人は少ない。

今日の売上は見込めないか。

お客様が来ないようなら通販サイトに追加で商品をアップしようと思いつつエレベーターで一階に下り、店に入る。

「お疲れ様です」

にっこり微笑む晴美さんは、近所に住むアラフィフの既婚女性だ。

「どうですか？」

一応声をかけてみたが、聞くまでもなく客の姿は見えなかった。

「ご覧の通り、今見送ったお客さんで途切れちゃいました」

少し雑談をして私はカフェコーナーへ向かう。

カウンターの中にもノートパソコンが置いてあり、ここでも通販の仕事ができるので、接客がないときの私の定位置だ。

コーヒー豆の補充やテイクアウト用のカップなどを確認して、ひと息ついたところだった。

晴美さんの「いらっしゃいませ」という声に振り向くと――。

ショックのあまり声を出しそうになる。

店に入ってきたのは航輝さんだった。セーターにコートという休日スタイルで、店内を見回しながら中に進んでくる。

とっさに背を向けたが、もう遅い。さっき振り向いたときに目が合ってしまった。

「まさか、本当に来るなんて」

思わず独りごち、額に手をあてた。

どうしよう……。

そっと振り返って見ると、彼は私に背中を向け、ベネチアングラスが並ぶ棚の前で立ち止まっている。

ショーケースの中のグラスに目を留めたようだ。晴美さんが彼のもとへ行き、会話を交わしてショーケースを開ける。

店内はイタリア語のムーディな音楽が流れているから、会話の内容までは聞こえないが、グラスについての説明を受けているようだ。

彼が手に取ったのはプレートとステムが金色でボウルに白の柄が入っているグラスで一脚十万円以上する高級品である。

ステムを持ってクルクル回し、しばし眺めた後、彼は晴美さんにグラスを渡した。

嘘でしょ！　そんな高価なものを……。

晴美さんはレジに向かう途中、私に満面の笑みを向けた。

それもそのはず、フェリーチェでの売れ筋ベネチアングラスは一万円から三万円くらいのグラスだ。五万円を超えるものは滅多に売れない。今日のように客の入りが悪い日は、まさに救いの神の出現だもの、晴美さんが笑顔になるのは当然だ。

しかも彼が購入したのは、私が一番気に入っていたグラスである。客が見知らぬ誰かだったなら、私だって素直にガッツポーズをしていたに違いない。

でも、お客様は彼……。とてもじゃないが私は喜べない。

買い物を終えた航輝さんは、私のいるカウンターに向かって歩いてくる。

グレーのタートルネックのセーターに黒っぽいパンツ。濃紺のチェスターコートをラフに羽織っている。黒い靴はブーツかなと視線を落としたところで、そっとため息をつく。

パイロットの制服姿が一番素敵なのは言うまでもないが、なにを着ても憎らしいほど似合う。

素敵過ぎるのは罪ですよと、心で呟いた。

「いらっしゃいませ」

こうなったらどこまでも客と店員という立場を貫くしかない。

ひとまず、貼りつけたような笑顔で他人行儀に挨拶をする。

「購入してくださったんですね」

「気に入ったグラスがあったんでね」

彼はにっこりと微笑んで、壁にあるメニューを見ながらカウンターチェアに腰を下ろす。

「ありがとうございます。お礼にコーヒーをサービスします」

「いや、ちゃんと買うよ」

財布を取り出そうとする彼に首を振る。

「決まりなんですよ。ショーケースの中のグラスをお買い上げのお客様には、サービスさせていただいているんです」

「そう。それじゃ、トラジャをもらおうかな」

「はい」

彼はほどよい酸味のある香りの高いコーヒーが好きだった。三年前と好みは変わっていないらしい。

早速豆が入った缶を取り、コーヒー好きの祖父がこだわって選んだミルでコーヒー豆を挽く。サイフォンを使うので挽き方は中挽き。瞬く間にコーヒーの香りが広がってくる。

彼が「いい香りだ」と微笑む。私もコーヒーの香りが好き。

「落ち着いた雰囲気で素敵な店だね」

「そうですか。ありがとうございます」

この店は、ショーケースに並ぶグラスを購入してくださるような、ある程度落ち着いた年齢の方をターゲットにしている。目の肥えた客が多いだけに、素敵と言われるとうれしい。

航輝さんは見るからに柔和で優しそうなのに、気軽にお世辞を言うような人ではない。口から出る言葉は辛辣だったりするのでなおさらだ。

「色とりどりのペンダントライトとか、島の雑貨店を思い出すな」

店内にはたくさんのペンダントライトがぶら下がっている。

彼は眩しそうにそれらを見回す。

すべてベネチアングラスで、色も形も様々だ。彼とエーゲ海の島を歩いたときにも、こんなふうにライトを下げていた店があった。

「まさか本当に来てくれるとは思わなかったです」

「できないことは言わない主義なんでね」

確かに。彼はそういうタイプだ。

「どうぞ」

アンティークなカップに注いだコーヒーを出すと、「へえ、随分と贅沢なカップだね」と彼が感心する。

「祖父のこだわりで」

彼へのサービスが特別なわけではなく、ここでコーヒーを出すカップはすべて、長年に渡って祖父が集めたアンティークカップだ。

売り物ではないし、産地にこだわらず気に入ったものを集めているようだが、どれもこれも買えば数万はする逸品である。

ここはあくまで雑貨店の一部、カウンターだけのコーヒーショップなので混み合うわけでもないし、持っていかれる心配もないから提供できるのだ。

「ここは曾祖父が始めた店なんです。もとは食器を売る商店でした」

壁に飾ってある古い白黒写真を指さす。

「へえ」

「ベネチアングラスに感動した祖父が、少しずつ方向転換をしていって、今のような形になったそうです」

「趣味と実益を兼ねたってわけか」

「ええ、そうですね。祖父はコーヒーも好きなので、色々こだわっているみたいで」

「うん。すごく美味しい。香りもいいし」

忖度(そんたく)のない彼に立て続けに褒められると、首の後ろがこそばゆくなる。

「テイクアウトでコーヒーだけ買いに来る方もいるんですよ」

「だろうな。俺も近くなら毎日来る」

さりげなく言った毎日という言葉に反応し、トクンと心臓が跳ねた。

彼は目を細めてにっこりと微笑むが、今回ばかりは本当のお世辞に違いない。動揺を悟られないよう、あははと笑ってごまかす。

「たくさん褒めてくれたお礼に。はい、サービスです」

私がこっそり食べていたチョコレートを出してあげると彼は「サンキュー」と一粒手に取り、そのまま口に放り込んだ。

「お待たせしました」

晴美さんが先ほどのグラスを入れた紙袋を持ってきた。

「ありがとう。じゃあこれで」

飛び込みで高級品のグラスを買う客らしく、彼はブラックのクレジットカードを晴美さんに渡す。

「贈り物ですか？」と、聞いてみた。

「いや、自分で使わせてもらうよ。グラスを眺めながらワインを飲むのもいいかな、と思ってね」

ということは、彼は急ぐ用でもないのにわざわざ雨の中来てくれたんだ。

自分用なのにあんなに高いグラスを買ってくれるなんて。しかも、彼は知らないが私のお気に入りのグラスだと思うと、はからずも感動で胸が熱くなってしまう。

そういえば三年前も店に行くと言ってくれていた。

気恥ずかしさもあって場所も店名も教えず、それきりだったけれど、話していればこうして来てくれたのだろうか。

支払いが済むと、彼は外に目を向けた。

「晴れてきたね」

いつの間にか雲が切れていたようで、明るい日の光が見える。

まるで私の心のようだ。彼に来てほしかったという本音がにっこりと顔を出し、胸の中を明るく照らしている。

困ったもんだと、密かにため息をついた。

「それで――」

コーヒーカップをソーサーの上に置き、彼は私をジッと見る。

「この前はどうしてさっさと帰ったんだ？　気づけばいないし」

それはもちろん、あなたから逃げるためですよ、とは言えない。

「ちょっと酔っちゃったから」

目を細めてにっこりと、作り笑顔を向ける。

「航輝さんは遅くまでいたんですか？」

「うん、少しはね。久しぶりに会えた友人もいたし。女性はみんな先に帰ったが、男はほとんど明け方までいたらしい」

「うわー、元気だなぁ」

学生時代ならいざ知らず、明け方までなんて、ちょっと考えられない。

「朝まで飲むなんてもう何年もしてないな」

それはそうでしょう。パイロットは健康第一だ。アルコールは控えたとしても、明け方までとはいかないだろうし。

「俺もフライトがなければ、ゆっくりしていたかった。あんなふうにみんなが集まれる機会はそうそうないからな」

「楽しかったんですね」

「うん。いい気分転換になった。君ももう少しいてくれれば、もっと楽しかったんだけど」

えっ……。またお世辞？

軽口を叩くような人じゃないのに、今日はどうしたのか。

慣れていないからどぎまぎしてしまう。平静を装うにも、どうしたらいいかわからず、汚れてもいない手もとを拭いたりして、彼から視線を外すのがやっとだ。

「随分お口が上手になったんですね」

「そう？」

「そうですよ」

クスクス笑う彼がコーヒーを飲み終えた頃、お客様が入ってきた。

晴美さんの「いらっしゃいませ」という声が響き、入り口を振り返った彼は、ゆっくり席を立つ。

なんだ、もう帰っちゃうのかと、がっかりするようなホッとするような、私の心は複雑だ。

「じゃあ」

せめて見送ろうと店の外までついていった。

「今日はありがとう」

肩をすくめた彼は「コーヒー、サンキュー」と言う。

「明日もコーヒーを飲みに来るよ。閉店前のほうが邪魔にはならないかな？」

「えっ――そ、それは」

驚きのあまり口ごもる。

嘘でしょ。明日も来るの？

なにをどう答えたらいいかと、オロオロしているときだった。

「ママー」

ギョッとして振り向くと、散歩でもしてきたのか、祖父母と一緒に子どもたちがいる。

大空と翔真のふたりが私に向かって走ってきて、私の脚にしがみつく。

ま、まずい。

ちらりと彼を見ると、やはり驚いていた。目を剥いて「ママ？」と呟く。

独り言なのか私への質問なのか。

ショックで心臓が止まりそうだが、ひとまず「あはは」と笑ってごまかした。

「そうなの。私、子どもがいるんです」

祖父母が、彼が持つ紙袋を見て「ありがとうございます」と声をかけてきた。

一部のベネチアングラス専用の紙袋なので、彼が高価な買い物をしてくれたとわかったのだろう。

祖母に「お知り合い？」と聞かれてますます困る。

「ああ、うん。紗空のご主人の友人で」

とりあえず嘘ではない。

「はじめまして神城航輝と言います。ルージェット日本で国際線のパイロットをしております」

なにを思ったか、彼は突然パイロットだと自己紹介をして、深々と礼儀正しく頭を下げる。

案の定、祖父が「おおー」と声をあげた。

祖父母はごく普通の庶民だ。周りにパイロットなんて華やかな職業の人はいないから驚くのは当然だ。

「大空、翔真。お兄さんは飛行機の運転手だよ」

またしても余計なことを。

頭を抱えたくなる私をよそに、航輝さんはしゃがみ込んでふたりに視線を合わせる。

「飛行機好きなんだね」

「うん！」

今ふたりが着ている服には飛行機のワッペンが貼ってある。好きなのはバレバレで隠しようもない。

「ソラくんにショウマくん。いくつ？」

ギョッとする間もなく、子どもたちが覚えたての言葉を元気いっぱいに言う。

「ふたつー！」

そこで祖父が「正確には来月だけどな」と付け加えた。

「十二月の誕生日で二歳になるんですよ」

ああもう言わなくていいのに。

「そうですか」

苦しくなった喉がゴクリと音を立てる。踏ん張らないと目眩で倒れそうだ。

落ち着け私、それだけではなにもわからない。

「ふたりともかわいいですね」

「ええ。このまま成長すると、パイロットになりたいとか言いだすかもしれませんな」

祖父の言葉に、あはは、それはいいと航輝さんが楽しそうに笑う。

「そのときは先輩として、協力させてください」

「おお、よかったなぁふたりとも、おにいさんが教えてくれるってよ」

いやいや、よくない。

早くこの場から逃げ出したい……。

「じゃあ明日、飛行機のおもちゃを持ってきてあげよう」

私にしがみついていたはずが、ふたりともすっかり航輝さんに興味津々で近寄っている。

「おもちゃ？」

「ひこーき？」

「ああ。約束だ」

ふたりの頭をぐりぐりと撫でてから立ち上がった彼は「じゃあ、また明日」と私に意味深な視線を向け、祖父母に挨拶をして、きびすを返す。

途中振り返った彼は、子どもたちに手を振り、祖父母に頭を下げるのを忘れなかった。

「イケメンね。しかもパイロットだなんて」

「礼儀正しくて、いい男だなぁ」

祖母も祖父も感心しながら私を振り返る。

「茉莉、明日も来るって言ってたけど？　そんなに親しいの？」

「ち、違うわよ」

必死で左右に頭を振る。

「コーヒーを出したら気に入ってくれて。毎日でも飲みたいって」

「まあ、うちのコーヒーはそこらのカフェにゃ負けないからな」

自慢げに胸を張る祖父の横で、なにか言いたげに祖母は「へえ」と目を細める。

「さあ、ママはお仕事だから行きましょ」

それぞれに子どもたちを抱っこして、祖父母は奥のエレベーターに向かう。

ひとり残った私は、入り口前に呆然と立ち尽くした。

どうしよう。なにをどうしたらこの状況を乗り越えられるの？

店に入ろうとするお客様にハッとして我に返った。

「いらっしゃいませ」

ひとまずお客様の様子を窺い、晴美さんが接客を始めたのを見届けて、ストックルームに飛び込んだ。とにかく紗空に伝えなきゃいけない。

【はーい】

明るい声で電話に出た紗空に、手短に事情を説明する。

【えっ！　子どもたちに会っちゃったの？】

「そうなの。しかもね、おじいちゃんが年齢まで言っちゃって」

紗空が絶句しているのがわかる。

彼によく似ている子どもたちの顔に、飛行機好きに年齢。航輝さんは、きっとなにかを察したはずだ。

【どうしよう茉莉。私、燎さんに問い詰められたら黙っている自信ない……】

絶望に頭を抱える。

とはいえこれ以上、紗空を巻き込めない。

「うん。そうだよね、わかった。私も覚悟を決める」

いや嘘だ。とても覚悟はできないが、とりあえずそう言うしかない。

「ご主人に聞かれたら正直に言って大丈夫だからね。でも、私がどうしても隠したいっていうのも付け加えてほしい」

【うん。婚約者を悲しませたくないのよね?】

「そう。自分の幸せの陰で誰かが泣いているというのは、どうしても嫌なの」

それから少し話をして電話を切った。

おそらく彼は、紗空の夫に確認すると思う。

明日また来ると言ったが、もし来たとしたら、きっと子どもについて聞いてくるだろう。

もし来なかったら……。

彼は、子どもを受け入れないという意思表示にほかならない。

想像するだけで、ズンと心が重たくなる。

彼に頼るつもりはないが、知っていて無視されるのはつらい。

結局妊娠を打ち明けられなかった理由の半分は、産むのを反対されたら悲しいと思ったからだった。

私は自信がなかった。

今だって、もっと自信がない……。

「素敵な人でしたね」

ハッとして顔を上げると晴美さんが目の前にいた。

紙袋の補充に来たようで、棚の中からいくつか袋を取った。

「あ、今店に入ったお客様は？」

「なにも買わずに行ってしまいました」

「そうでしたか」

気を取り直して、ストックルームから店内へ出る晴美さんの後に続く。

晴美さんは航輝さんが何者なのか気になっているはずだ。晴美さんの中で妄想が膨らむ前に、自分の口から伝えたほうがいい。

「さっきの人は、友だちの旦那さんの友だちなんです」

「そうなんですね。すごいイケメンでしたね。モデルさんかと思いましたよ」

おかげで十歳若返ったとか言いながら、晴美さんは新たに入ってきたお客様の接客に向かう。

「いらっしゃいませ」と声をかけ、私はカフェコーナーに行った。

彼が使ったカップを片付けながら、また考えてしまう。

明日、彼が来なければそれでいい。

とにかく、来たときどうするか考えなきゃ。

＊　＊　＊

茉莉は独身だ。それは間違いない。

となると、あの子たちはなんだ？

フェリーチェを出て、彼女たちが見えなくなってすぐネットで調べた。

十二月生まれの子ども——。

コインパーキングに停めた車に乗り、しばし考えた。

ゆっくりと息を吐き、ふたりの子どもの顔を思い浮かべる。

似てるよな？　俺に……。

単なる思い込みなのか？

ふと、白金台の実家に行ってみようかと思い立った。自分の子どもの頃の写真でも見れば思い違いかどうかわかるはず。

道中つらつらと考えた。

茉莉は子どもの存在を隠していた。子どもに気を取られて、さっき彼女の様子がどうだったかわからないが、隠そうとしていたのは間違いない。

三年前、もしや茉莉は俺に妊娠の告白ができなくて消えたのか。よりによって俺のスマートフォンが壊れたタイミングで。

「迂闊だった」と思わず独りごちる。

彼女が消える前に、せめて店の名前だけでも、どうして聞いておかなかったのかと何度も悔やんだ。

茉莉は自分についてあまり語ろうとしなかったが、情事の後、俺の胸の中で彼女は『父の影響なの』とポツリと言ったことがある。

『航空整備士だった父は、休みの日になるとよく空港に連れていってくれて』

『そう。お父さんは今どこに?』

ひと口に航空整備士と言ってもエアラインの所属とは限らない。俺が知っている人かと興味深く聞くと、もういないのだと打ち明けた。

『私が小学生のときに病気でね』

それきり彼女は実家についてなにも語らなかった。

燎から聞いた話では義父は彼女に冷たいという。きっと頼れなかったに違いない。彼女がここにいるのがその証拠だ。

実家を頼れずふたりも子どもを抱えて、どれほど不安だったか。

かわいそうに、茉莉——。胸が押し潰されそうだ。


ひと月ぶりに帰った実家には母がいた。

誰もいなければアルバムだけ見て帰ろうと思ったが、ちょうどよかった。麗華との件を正確に話すいい機会である。

「あら、急に珍しい」

いつもなら連絡してから来るのに、突然帰ったから驚いたんだろう。

「ちょっとね」

「コーヒーでいい？」

うなずいて、母がキッチンに向かったところで壁際のキャビネットを開け、アルバムを探す。

目的のアルバムはすぐに見つかった。俺の名前が書いてあるアルバムを引っ張り出して開くと、写真とともに母が作ったメモが貼ってある。年齢も書いてあるからわかりやすい。

二歳の誕生日あたりの写真を見つけ、思わず左右に首を振った。

おいおい、そっくりじゃないか。

見れば見るほどよく似ている。茉莉の子どもは俺の子どもの頃そのままだ。思い違いではない。

子どもは双子だと言っていた。

顔が少し違うから一卵性双生児ではないんだろうが、ひとりはまるで俺のコピーのように似ているし、もうひとりはどちらかと言えば茉莉の面影を多く受け継いでいるようだが、いずれにしろ俺に似ている。

口の開け方、目の細め方。笑った顔なんて、この写真のまんまだ。

「あら」という声に振り向けば母がいた。

「どうしたの？　子どもの頃の写真なんて引っ張り出して」

実は子どもがいると言ったら、母は多分喜ぶだろうが大騒ぎになる。

まずは茉莉に確認してからでいい。

アルバムを棚に戻し、そのままソファーに腰を下ろした。

「あ、そうそう。友だちの子どもが飛行機好きで、ノベルティとかある？」

「あるわよ。何歳くらいの子なの？」

「二歳の双子の男の子」

母は「あらまあ、かわいい盛りね」とか言いながら、ノベルティグッズを探しに行った。

こんなことならば俺ももっと集めておけばよかった。休み明けにはもらえるだけもらってこよう。

「色々あったわよ。双子じゃ喧嘩にならないように同じものが二個ないとね」

飛行機の形をしたぬいぐるみのようなポーチだの、タイヤがついたおもちゃがいくつか。

早速明日持っていこう。

「今日は泊まっていくんでしょ」

「いや、帰るよ」

「なに言ってるの。夕食ぐらいは食べていきなさい」

時計を見れば夕方の四時。茉莉と別れたその足で来たから半端な時間だ。

「兄さんはフライト？」

「そうよ。帰りは明日の予定。お父さんは七時には帰るわ」

兄は国際線のパイロットなので偶然空港で会ったりするが、父はすでに引退したから、家に帰らなければ会えない。

そういえばしばらく顔を合わせていなかった。

「わかったよ。今日は泊まる」

「じゃあ、すき焼きにしようかしら」

母はほくほくしながら早速買い物に出かけた。

考えてみればちょうどいい機会だ。

麗華との関係をはっきりと父にも直接伝えておこう。

時間ができたところで、ネットで二歳児について調べ、通販サイトで子ども向けの手土産になりそうなものをチェックしたりするうち、瞬く間に時間は過ぎていった。

父は七時前に帰ってきた。

もとから寡黙な人なので「来ていたのか」と一瞥したただけだ。

それでも飛行機の話になると口は軽くなる。パイロットを引退した今でも興味は変わらないようだ。

先月目にしたタイヤのバースト事件について、ひとしきり会話が弾んだ。

「パンクか。一本だけなら問題はないが二本とは。それはさぞ肝が冷えただろうな」

「胴体着陸なんて誰も好んではしたくはないからね。滑走路は閉鎖されてダイヤは乱れたけど、それだけで済んだ」

「乗客に怪我なく着陸できたのはなによりだな」

話をしている間に食欲をそそる匂いがしてきた。

「さあ、食べましょう」

我が家のすき焼きはトマト入りだ。皮を剥いた大ぶりのトマトに、懐かしさが込み上げる。子どもの頃からこのすき焼きに慣れ親しんだせいで、赤いトマトが入っていないすき焼きはいまだに物足りなさを感じる。

母は張り切って随分いい肉を買ってきたらしい。久しぶりに我が家で食べたすき焼きは、やけにうまかった。

「たくさん食べて。航輝、食事はちゃんとしてるの？」

「ああ、適当に食べているよ」

　国際線は帰ってきてから三日か四日は休みだ。うち最終日はスタンバイにあてられるが、多少の家事をこなす程度の時間はある。体調管理が仕事のようなものなので食事もそのひとつと捉え、野菜を多めに一応気にかけている。料理といっても肉か魚をグリルで焼くくらいしかしないが、まあ問題はない。

「作り置き用意しておくから、帰りに忘れないで持っていきなさいよ」

「サンキュー」

　鍋の中がほぼ空になったところで話を切り出した。

「麗華との関係についてははっきりしたいんだ」

　俺の口調の雰囲気からただ事ではないと察したらしく、ふたりとも硬い表情になる。

「まず、確認だが、俺は麗華と付き合ってもいないし、俺は彼女と結婚する気はない」

　案の定、母は絶句した。父もハッとしたように俺を見る。

「じゃあ、麗華ちゃんが嘘をついたの？　あとは日取りを決めるだけだって」

「だから母さん、三年前にも言ったよな？　俺は知らないって」

　母は「ああ……」とため息を漏らす。

「俺もつい最近まで知らなかったんだ。三年前に何度も麗華に結婚する気はないと伝えて、それで綺麗に終わったと思っていた」

混乱を隠せない母は手で口もとを覆い、「私はてっきり」と呟く。

母を責めるわけにはいかない。気づかなかった自分が悪いのだから。

「ところで、どうして俺に確認しなかったの？」

確かに俺はあまり実家に顔を出していなかったが、日取りの話にまでなったなら、電話くらいあってもよかったはずだ。

「麗華ちゃんが言ったのよ。あなたが忙しいから、私のほうで話を進める約束をしたって。お母さん、私に任せてくださいってね」

込み上げる嫌悪感にうんざりとしたため息が漏れる。

そこまで沈黙を守っていた父が、食後のコーヒーを飲んで、ゆっくりと口を開いた。

「お前と麗華さんは、なにもないんだな？」

「ああ。ふたりで会ったのは数える程度。俺から誘ったときはいつも結婚する気はないと告げるため、もちろん指一本触れていない」

父は「わかった」とうなずいた。

「それで、麗華さんは納得したのか？」

「いや……」

　麗華は明らかに抵抗を見せた。おそらく納得していないだろう。

「どこまでわかっているか。俺と結婚すると思い込んでいるようだったし」

　母がため息交じりに「嘘までついていたなんて……」と呟くように言う。

「湖山さんは〝麗華の望み通りにしてあげたい〟が口癖なのよ。言い続ければなんとかなると思っていたのかもしれないわね」

　とにかく、それもこれももう終わりだ。

　ひと呼吸おきはっきりと言った。

「とにかく本気だ。今度こそ完全に縁を切る。麗華には、今後は弁護士と話をするよう伝えた」

　今回ばかりはなにがなんでも断ち切ってみせる。どんな手を使っても。

「それで」と、父がまた口を開く。

「麗華さんの嘘だと言って、湖山さんが納得すると思うか？」

　俺の先輩パイロットの湖山さんの話をした。

「彼が麗華の父に話をしてくれると言ってくれた。必要となれば、もちろん俺が説明に行く。弁護士の友人も複数いるから心配しないでほしい」

　少しの沈黙の後、太い息を吐いた父は、ゆっくりとうなずいた。

「お前を信じよう。もし、協力が必要なら言いなさい」

「ありがとう」

これで憂いはない。あとひとつ——。

「兄さんには電話で先に話しておいたが、もしかすると迷惑をかけるかもしれない」

パイロットの兄、朝飛(あさひ)は彼女の父湖山社長の率いる株式会社ベンタス・ジャパン航空にいる。麗華の捨て台詞(ぜりふ)も気になるし、万が一俺のせいで辞めることになると思うと申し訳なかった。

「気にするな。もとから朝飛は退職を考えてる。問題はない」

隣で母が微笑む。

「私もあなたを信じるわ。心配はしていたのよ。あなたがなにも言ってこないから。ただ——」

なにかを言いかけたが、母はかぶりを振る。

「あなたに任せる。なにかあれば言ってちょうだい」

食事が終わり、ひとまずホッとしたところで燎にメッセージを送る。

次にはっきりしなければいけないのは……。

【頼みがある。暇なときに電話してほしい】

夜九時。忙しい彼はもしかすると残業しているかもしれないと思ったが、電話はすぐにあった。

【どうした？】

「燎、悪いな。どうしても調べてほしいんだ」

茉莉の子どもの父親は誰なのかを、彼の妻から聞き出してほしいと頼む。

「今日、彼女の店に行って偶然子どもの存在を知った。俺の子かもしれない」

近くに妻がいるのか、燎は少し沈黙した後【それで？】と、言葉少なに聞いてきた。

【だとしたら、どうする？】

「もちろん、父親として責任をとる。彼女と結婚して子どもは認知する。三年前、なぜ彼女が俺に妊娠を知らせず姿を消したのかがわからないんだ。それが知りたい」

【わかった。今から氷の月に来れるか？】

「行く」と即答する。

母にはまた戻ると告げて家を出た。

タクシーで向かった先は六本木。路地裏の雑居ビルにあるレストランバー氷の月。

つい先日、燎の帰国を祝った店である。

オーナーは青扇学園時代からの友人、氷室仁。彼が趣味で始めた氷の月は会員制で、見知らぬ客を拒むゆえに看板がない。エレベーターの中に表記された案内にも店の名前はなく、雫を落とす月のマークがあるだけだ。

エレベーターを降りて入り口の扉に向かう。

月がデザインされた装飾ガラスの向こうに人影が見える。カランカランとドアベルを鳴らして中に入ると、仁がカウンターの席にいた。

「いらっしゃーい」

ニッと笑った仁が、右手を上げる。

食事は済んでいると伝え、壁に並ぶボトルを眺めた。

「たまにはジンにするか」

飲んだことのない国産のクラフトジンのソーダ割りを頼む。

「珍しいな」と仁が言うのも無理はない。酒は好きだがフライトを考えると、どうしても飲むのは度数の弱いものになる。この店に来てもいつもビールにしていた。

「たまにはね」

仁は立ち上がりカウンターの中に入る。

「いぶりがっこをもらったんだ。食べるか？」

「ああ」とうなずく。

マスターが出したお通しはガーリックの香りがするクリームチーズだ。

「そのクリームチーズと一緒に食べてみろ。旨いぞ」

ジンソーダを味わって言われた通り、いぶりがっことクリームチーズを口に含む。

確かに旨い。

「これは酒が進むな」と言うと、仁が「だろ？」と笑った。

「なあ仁、お前は結婚しないのか？」

「なんだよいきなり」

彼の周りにはいつも女がいる。この店には連れてこないが、今だって付き合っている女はいるはずだ。

「しないね。今付き合ってる彼女は女優だからな。向こうも結婚なんか考えちゃいないだろうし」

「いつかはするだろ？ 今の彼女じゃないとしても」

ロックグラスをクルクル回した仁は首を傾げる。

「どうかな。まったくピンとこない」

だよな、と思う。聞いておいてなんだが、彼がおとなしくひとりの女性に収まるイメージはない。

「で？　結婚がどうかしたか？　そんな質問をするからにはなにかあるんだろ」

「うん。結婚しようと思うんだ。家を買って家庭を持とうかなってね」

茉莉をなんとか言いくるめて。

ふと、どんな家がいいかと考え、口もとが綻んでくる。

「冗談だろ？」

目を剥いた仁はあらためて俺に上半身ごと向き直り、不思議そうに俺を見る。

「俺はお前こそ一生独身かと思っていたぞ。もしかして麗華とか？」

「いや、違う」

麗華は青扇学園出身ではなくインターナショナルスクールの出身だが、社交界を通して仁も麗華とは顔見知りだ。俺が許婚とされていることも知っている。

「あっ、わかったぞ。あれか、エーゲ海の」

物覚えのいいやつだ。

「当たり」

「見つけたのか？　三年くらい前だっけ、消えたんだったよな？」

「それが偶然、燎の奥さんの親友だったんだ。この前ここでやった燎のパーティーに来ていた」

「マジか。あー、あの美人だな。ワインレッドのワンピース」

すぐに思い当たったらしい。

「珍しくお前がナンパしてるのかと思ったぞ。そっか、彼女か」

と、そこでマスターが俺の前に皿を差し出した。

「マッシュルームのセゴビア風と、サーモンのエスカベッシュです」

大きな皿の上に小鉢がふたつ。それぞれにマッシュルームとサーモンが盛りつけてある。

エーゲ海での出会いを彷彿とさせる地中海料理に早速手を伸ばす。

「しかし、仁はなんでもよく覚えてるな、感心するよ」

「なに言ってんだ。お前から女の話をしてきたのは、後にも先にもあのときだけだ」

考えてもいなかったが、彼がそう言うからには、そうなんだろう。

「パイロットは女の子に人気だからなぁ。航輝くんもパイロットになるんでしょう?って昔からモテてたのに、お前ときたらまったく興味を示さないし」

「それは俺じゃなくてパイロットが好きってやつだろ」

マスターにおかわりはと聞かれて、同じものをと頼んだ。

それを見た仁が「俺も飲んでみるか」と、グラスを空ける。

「パイロットになる道を選ぶのがお前なんだ。そう間違っちゃいない」

確かにその通りでもある。

空を飛ぶ夢に向かって突き進んでいたのが俺だ。パイロットでなければ、今の俺は成り立たない。まったく別の神城航輝になっていたはず。

「だけど仁、パイロットを理解して好きだというのと、ただのアクセサリーのように好きなのとは全然違うじゃないか」

「そりゃそうだ。それで？　結婚したい彼女もパイロットのお前が好きなんだろ？」

「彼女の場合は、パイロットどうこうより、俺に彼女が必要なんだ」

弾けたように仁がゲラゲラと笑う。

「変われば変わるもんだ。まさかお前からのろけ話を聞かされるとはな」

散々笑って大きなため息をついた仁はかぶりを振り、カウンターに向き直る。

そうこうするうち、燎が現れた。

＊　＊　＊

今朝起きてすぐ紗空からのメッセージに気づいた。

メッセージはふたつあった。

昨夜遅く送られたメッセージは、航輝さんから燎さんに電話があって、燎さんは彼に会いに行ったという知らせ。

次の早朝送られたメッセージには、燎さんは、私の子どもは彼の子だと話したと書いてあった。

そして私はまな板の鯉になった気分で、状況を把握するためにひとまず紗空と電話で話した。

燎さんから航輝さんに伝わった話は、私が婚約者の存在を気にして身を引いたが、婚約者を傷つけたくないと思っていること。

婚約者の存在を知ったのは、グランドスタッフの友人から婚約者の話を聞いたからだということ。

そのふたつだ。

妊娠がわかって航輝さんに会いに行ったとき、マンションで婚約者と出くわした話は、紗空にも言っていない。

おかげで、紗空には嘘をつかせずに済んだが……。

彼に聞かれたら、あの日彼のマンションで、婚約者と会ったと伝えたほうがいいのだろうか。

自分の子だと知った彼は、これからどうするのだろう。

「ママー。おにーしゃん、まだ？」

「まだあ？」

朝ご飯を頬張りながら、大空と翔真が期待に満ちた目を向ける。

「まだお店開いてないから、もうちょっと待とうね」

現在朝の七時半。昨日と同じ時間に来るとしたら午後の三時頃だが、はたして来るか。

彼が来なかったら子どもたちは、さぞかしがっかりするに違いない。

「さあ、ちゃんと食べようね。大きくならないと飛行機に乗れないよ？」

ふたりで声を合わせて元気に「はーい」と返事をする。

頬を膨らませてモグモグする姿は本当にかわいい。

口を拭いてあげながら、急いで大きくならないでほしいなと思う。『ママ』と頼ってくっついているままで。

目に入れても痛くないほどかわいいと思うのは親バカだと自覚しているが、父親である航輝さんはどうなのかな。

昨日、彼はふたりに向かってとっても優しい微笑みを浮かべていた。

私を見る目は、もう少し熱を帯びていたと思うし、あんなふうに穏やかで優しい表情をする彼を見た記憶はない。

もしかして子ども好きなのかな。私たちに未来はなくても、子どもたちを愛してくれるといいんだけれど……。

あ、もし大福さんの申し出を受けるとしたら、子どもたちには航輝さんが父親だということは秘密のままがいいのかな。

でも、子どもたちは本当の父親を知らないままでいいの？

知らないほうがいいの？

ああ、もう。子どもたちが見ていなければ、頭を抱えてへたり込むか、大声で叫ぶところだ。

隙をみてはため息をつき、そうこうするうちにも時計の針はカチカチと動く。

着実に時は過ぎていき、午前十時。店の開店時間を迎えた。

ここからがまた長い。

子どもたちを遊ばせながら掃除や洗濯をしたりしてお昼。ご飯を食べさせていると、翔真が言った。

「おにーしゃんは?」

ドキッと心臓が跳ねる。

遊んでいるうちに忘れてくれたかと期待したが、そう簡単に記憶は薄れないらしい。

「ひぃじぃじのところでお昼寝が終わってからかな?」

ふたりともなにやら不服そうだ。

「大丈夫。おにいさんがお店に来たらママが呼びに来るから」

なんとかなだめて上の階へ連れていき、お昼寝をさせる。

眠ったのを見届けて、やれやれと胸を撫で下ろす。

私の心臓はここ数日で疲労困憊(こんぱい)だ。

子どもたちのためを思うと彼に来てほしい。来てくれなければ彼に見捨てられたとあきらめるしかないが、昨日の言葉を信じている子どもたちを裏切らないでほしい。

かといって、私は彼とどう向き合ったらいいか、答えが出ていないけれど……。

子どもたちが眠りについて、時計を見ると午後一時。昼食を済ませていない祖母が戻ってこないところをみると、お店が混んでいるのか。

混んでいるときに彼が来ても話ができない……。

考えてもどうにもならないのに。わかっているのに考えてしまう。

気を取り直して、祖父に子どもたちを頼み玄関を出る。

そして、思い切り息を吐いた。

「はあー」

もう、なるようになれだ。

店に行くと、案の定お客様で賑わっていた。

「いらっしゃいませ」と声をかけながらカフェコーナーにいる祖母のもとへ行く。

カウンターにはお客様がふたりいて、そのうちのひとりと祖母は話が弾んでいるようだった。そこにコーヒーを飲みにお客様が来て、私が接客する。

祖母の手が空いたところで「おばあちゃん、ごはん食べてきて」と囁きかけた。

「大丈夫。さっき奥でこっそり腹ごしらえしたから、落ち着いたら帰るわ」

合間をみて、こっそり会話を交わす。

「あ、そうそう。昨日のパイロットの彼がさっき来てね、夕方あらためて来るって言ってたわよ」

「えっ！」

思わず声をあげてしまい、慌てて口を押さえる。

「き、来たの？」

「なによ、変な子ね。来るって言ってたじゃない。彼が来たら、そのままあなたは上がっていいわよ。あの子たちがいたらお店では会えないでしょ」

「あ……うん」

祖母はなにかを察しているのか。

お店は壊れ物がたくさんあるし、開店中は子どもたちを入れないようにしているから、深い意味はないのかもしれないが。今は考えないようにと深呼吸をした。

幸いと言うべきか、引きも切らずその後もお客様はやってきて、夢中で接客するうちに時間は過ぎていく。

そして午後六時。祖母が店に戻ってきた。

「夕食の準備はしてきてあげたから。上がっていただいて一緒にどうぞ」

「え、夕食？」

「もちろんよ。そういう時間でしょ？」

「そっか、そうだよね。――ありがとう」

聞けば子どもたちと一緒に食べられるように、クリームシチューと温野菜のサラダを作ってくれたらしい。せっかくの祖母の厚意だ。様子を見て誘ってみよう。来たとしても気が重いなら、そのときは理由をつけてすぐに帰るだろうし。

「ねえ、おばあちゃん」

「ん？」

「必要な嘘って、人生にはあるよね？」

祖母は首を傾げ「うーん？」と考えた。

「あるんじゃない？　でも、取り返しのつかない嘘だけは、やめておいたほうがいいわね」

取り返しのつかない嘘――。

「ありがとう。わかった心に刻んでおく」

外を見ればすっかり暗い。審判は間もなくだ。

そして彼は予告通り、閉店前の六時半過ぎに来た。

両手に大きな紙袋を下げている。

昼間来たときに、祖母におもちゃを預けたにもかかわらず、またなにか持ってきてくれたの？

服装は黒っぽいカットソーにダークブルーのコートを羽織り、下は黒いパンツというスタイル。にこやかな笑みを浮かべている。

「いらっしゃいませ」

祖母が接客し、急かすように私を呼ぶ。

「さあ、子どもたちがお待ちかねよ。ご案内して差し上げて」

おばあちゃんたら、子どもたちに会わずに帰りたいかもしれないのに。

苦笑を浮かべながら、彼を振り返る。

「もし、お時間があれば……」

「もちろん。会えるのが楽しみだ」

本当にうれしそうな顔をするから戸惑ってしまう。

店内にお客様はひとりだけだし、私がいなくても困らないというわけで、彼を案内しながら家へと続く奥のエレベーターに向かった。

「へえ、家にエレベーターか」

五階までをざっと説明する。

「私たちは二階に住んでいるんです。今子どもたちは祖父と三階にいるから案内したら呼んできますね」

エレベーターの中でふたりになると、途端に胸がドキドキする。ファミリー用で狭いからなおさらだ。この高鳴りが航輝さんの耳に届いてしまいそうで落ち着かない。

ガサッとした音にハッとして視線を向けると、彼が手にした紙袋からモコモコしたものが見えた。

「ぬいぐるみ？」

「硬いものはまだ危ないかと思ってね。枕にもなるらしいよ」

にっこりと微笑む彼に、なにから言ったらいいんだろう。

「そんなにたくさん……、ありがとう、ございます」

結局お礼しか言えないまま、二階に着いた。

ひとまず我が家に案内する。

「どうぞ」

「おじゃまします」

玄関からまっすぐ廊下を進むと、リビングダイニングになる。

「子どもたちを連れてきます。ちょっと待っていてくださいね」

「はい。了解です」

ソファーを勧めて彼が腰を下ろすのを見届けてから「その前に」と、決心して言った。

やっぱり、これ以上真実を隠し続けるわけにはいかない。

子どもたちに顔向けできないような、取り返しのつかない嘘はつけない。大福さんとの縁談は私だけの問題で、真実とは別だから。

彼が、子どもたちの本当の父親なんだもの。

「子どもたちの父親は、実は、あなたなんです」

震えそうな声で伝えた。

告白を予想していたのか、彼は驚きもせずうなずく。

表情は穏やかなままだ。

「まず、お礼を言わせてほしい」

そう言った彼は「ありがとう」と、いったん頭を下げた。

「大変だっただろう。ふたりの子どもを育てるのは」

不意打ちされて、堪らずウッと嗚咽が漏れる。口を押さえたが間に合わない。

「ありがとう、茉莉」

慌てて背中を向ける。

「知らなかったとはいえ、すまなかった」

トイレに駆け込んで涙を止めるまで、彼は立ったまま待っていてくれた。涙を止められたのは泣く時間が惜しかったからだ。子どもたちは首を長くして彼を待っている。

「子どもたちには、そのことを言っていません」

「わかった」

彼は唇を結んでうなずいた。

本来なら、私と彼がこうなった経緯や今後についての話をするのが先だろう。でも、もうすでに子どもたちと会ってしまったから。

子どもたちの気持ちを優先しないと。

「今日はまだ父親だとは紹介できませんが……」

「君がいいように」

彼をひとり残して、階段を上がる。

子どもたちを連れてくる前に、コーヒーくらい出してあげればよかったと気づいたときはもう、上の階に来てしまった。

「ママー」

子どもたちがよちよちしながら走ってくる。

「おにいさんが来たよ」

わーいと喜ぶ子どもたちと手を繋ぎ階段を下りた。

「おにーさん。おもちゃは？」

「持ってきてくれたよ。楽しみだね」

「ヒコーキ？」

「そう。飛行機のおもちゃ」

玄関を開けて入るなり、子どもたちはリビングに走っていく。

「やあ、こんばんは」

彼はソファーから立ち上がり、子どもたちの視線に合わせるようにしゃがみ込んだ。

「こんばんはー」

走ってきたくせに、まだ少し恥ずかしいのか、私の脚にしがみついたまま子どもたちは挨拶をする。

「持ってきたよ。約束のおもちゃ」

袋から次々と出して、テーブルに並べていくぬいぐるみやおもちゃは、どれもこれも飛行機の形をしていたり、飛行機の柄がついていたりする。

興奮する子どもたちを相手に、彼は床にあぐらをかいて一緒に遊びはじめた。

楽しそうな彼の様子に安心して声をかけた。

「航輝さん、シチューなんだけど夕食一緒にどうですか？」

「ありがとう。いただくよ」

今日は何時までいられるんだろう。聞いておけばよかった。

一緒に食事なんて押しつけがましかったかな。

私ってば、さっきから後悔ばかりだと気づく。それだけ気持ちが浮き足立っているんだろうが、呼吸も浅いような気がする。

子どもたちの笑い声と航輝さんの楽しそうな声に背を向けて、大きく息を吸う。

落ち着け、しっかりしろ私。

ときどき彼らを振り返りながら、バターロールを軽く焼いてシチューと温野菜を軽く温め直す。

子どもたちが迷惑かけていないかと心配だったけれど、いつ見ても航輝さんは楽しそうで、笑顔でふたりに話しかけていた。

彼も子どもたちも楽しそうで、幸せそうで、ふいに泣きたくなる。強く目を閉じて、彼のマンションにいた婚約者を思い出し、望んではいけないと気持ちを引き締める。

お皿にシチューやサラダを盛りつけ、テーブルに並べたときには、なんとか笑顔を取り戻した。

「さあ、ご飯よ。おてて洗いましょ」

「はーい」と返事をした子どもたちは航輝さんの手を引いた。

「おにーさんも」

「あ、すみません」

苦笑しながら私も一緒に洗面所に向かった。

「どういうふうに洗うか教えてくれる?」

航輝さんに聞かれたふたりは、よいしょと段に登り、センサー付きのディスペンサーから泡のハンドソープを手に塗って、私が教えたように手を洗う。

「上手だね」と褒められて、子どもたちはご満悦の表情だ。私もうれしい。

続いて手を洗った彼にハンドタオルを渡す。

「ふたりともいい子だ。本当に」

「ありがとう……」

どぎまぎする事態はその後、食事が始まってもずっと続いた。

彼は片時もふたりから目を離さない。

「にんじんも食べられるのか？　えらいな」

「ぼくはピーマンがきらいー」

あははと笑い合う。

「翔真ったら、自慢にならないよ」

「だってー、にがいんだもん」

食事中はまだよかったが、八時になり、いつもならそろそろお風呂をという時間になったときだ。

子どもたちが航輝さんと一緒にお風呂に入りたいと言いだした。

さすがに断ってくるかと思いきや、彼はまんざらでもない様子で、私さえいいと言えば一緒に入りたいという様子。

「わがままはダメよ。おにいさんは忙しいんだから」

「えー」と、しきりに残念がる子どもたち。

祖父以外の男性とゆっくり過ごした経験がないからか、はしゃいでいて止まらない。

「また今度ね」

「いつ？」

彼は私を見る。

「んー。今日を含めてあと三日は休みだから。ママさえいいと言ってくれれば今夜でもいいんだけど？」

「えっ、そ、それは」

いきなりそんなことを言われても。

「でも急だもの、なにか予定とかあるんじゃない？　無理しないで」

「いや、なんの予定もないよ」

うっと言葉に詰まる。本気なの？

「君の休みはいつ？」

「私は、えっと。明日がお休みで」

なんだったら、あさってもお休みだ。定休日以外も週に最低一日は、休みを入れているから。

「じゃあ、ゆっくり話をしないか？」

その日は真剣だ。

いずれにせよ、いつかはちゃんと話をしなければいけない。ゴクリと喉を鳴らし

「わかった」と答えた。

「よーし、じゃあ一緒にお風呂に入ろう」

「わーい」

子どもたちはぴょんぴょん跳ねて喜ぶ。

「ええーっ?」

なぜそうなるの。話だけじゃないの?

決着をつけるなら、早いほうがいいと思って返事をしたものの、お風呂?

ああもう、そういう意味じゃない!

「ちょ、ちょっと待って。あの、でも」

着替えとか、ないし。

「実は近くのホテルに泊まろうかと、着替えも持ってきているから心配ないんだ」

彼はニヤリと目を細めた。

バスルームから楽しそうな声が響いてくる。

子どもたちは「ママも!」と一緒に入りたそうだったが、もちろんそういうわけにはいかない。子どもたちの着替えを用意して、さて、どうしようと考えた。

悩んだところで、今更帰ってと言えるわけじゃなし。この部屋はもともとファミリー向けに賃貸していただけあって、部屋数もある。彼が泊まるとしても、なにも困りはしないが……。

結局空いている和室に布団を敷いた。

今夜、ちゃんと話をして、こんな日は今日限り、二度はないと、彼の口から子どもたちに言ってもらわないといけない。期待させてはかわいそうだ。

でももし、父親だと名乗りたいと言われたらどうしよう。

断った場合、子どもたちはどうなるんだろう。

バスルームから聞こえる彼や子どもたちの楽しそうな笑い声に、胸が張り裂けそうだ。

「ママー、おふろ、でたよー」

「はーい」

子どもたちの着替えを済ませて、彼に子守りを頼み、私もお風呂に入った。

湯上がりに脱衣室の鏡を見てふと思う。すっぴんのパジャマ姿を見られるのは恥ずかしい。

濡れ髪の彼を見たときもドキッとした。

胸の奥が沸き立ち、久しぶりに顔を出した女としての感情に戸惑う。

「ママー」

大空の声にハッとして慌ててリビングにいくと、大空は眠そうに目をこすっていた。

見れば航輝さんに抱きつくようにして翔真がうとうととしている。

「あー、眠いのね。ごめんなさい航輝さん」

翔真を引き剥がそうとすると「このまま抱いて連れていくよ」と言われた。

「ありがとう……重たいでしょ」

全然と笑った通り軽々と翔真を抱き上げる彼を従えて、私は大空を抱き、寝室に向かう。

大空はベッドに寝かせても、航輝さんが買ってくれたぬいぐるみをしっかりと抱えたままだ。

航輝さんが「おやすみ」と、大空の頭を撫でた。

「かえっちゃうの？」

つぶらな瞳は、今にも泣き出しそう。

「いいや、泊まるよ。明日朝ご飯一緒に食べような」

はしゃぎすぎたんだろう。うれしそうに笑った大空の目はしょぼしょぼになっていて、ベッドに寝かせて間もなく、ふたりとも眠りについた。

「今日は本当にありがとう。大変だったでしょ」

ひとりならまだしも、ふたりいるから気が抜けなかったはずだ。

「大変より、百倍くらい楽しかったよ」

そんな、うれしいことを……。泣きたくなるからやめてほしい。

気持ちを落ち着け、リビングに戻ってソファーを勧めた。

まだ夜は浅く九時だ。話をする時間は十分にある。

「少し飲む？　ちょうど紗空からもらったワインがあるの」

酔った勢いがあったほうがいい。とても素面では話せないもの。

「じゃあ、もらおうかな」

食事は済ませたから軽くでいいか。

野菜を添えたスモークサーモンにチーズ。玉ねぎと一緒にオイルサーディンを温めて。トレイに並べていると、いつの間にか彼がキッチンに来ていた。

「手伝うよ」

「あ、ありがとう」

そういえば彼のマンションに行ったときは、彼がキッチンに立ち手際よくコーヒーを出してくれたり、お酒を飲むときはおつまみを出してくれた。

料理も手伝ってくれて。楽しかったな……。

航輝さんは飄々としていて掴みどころがないけれど、まめな人だ。

彼と結婚する人は幸せだろう。今夜のように子どもたちと遊んだり、言われなくても家事を手伝うだろうから。

テーブルにお皿を並べて、ワインは彼に開けてもらう。慣れない私と違って、彼はスポンと音を立て、スムーズにコルクを抜く。

ワイングラスは私のお気に入りのベネチアングラスだ。

「あ、俺が買ったグラスと似てる」

その通り、ほんの少し柄が違うだけだ。

好みが同じでうれしかったと素直に言えず、どう答えたらいいか戸惑う私に彼は、ワイングラスを差し出す。

「今日は子どもたちに会わせてくれてありがとう」

「こちらこそ、ありがとう」

そんなふうに言われるとますます困る。

「それで？　聞かせてくれる？　どうして子どもができたって言わなかったのか」

彼の表情は決して怒ってはいなかった。口もとは微笑んでいて、むしろ気遣っているように柔らかい。

気持ちを落ち着けるように、ひと口ワインを含む。

正直に誠実に。取り返しのつかない嘘だけは言わないように。呪文のように唱える。

「航輝さんのスマートフォンが壊れたときだったの」

紗空のパーティーでスマートフォンの故障と聞いたときは、心配したと言われてつい納得したけれど、冷静になりよく考えてみると疑念が生まれた。

「連絡が取れなくて――。てっきり捨てられたんだと思った。だって、スマホはいつ修理したの？」

もし私を大切に思っていたなら、放置はしなかったはずだ。

逆の立場なら、もし私だったら、店に駆け込んででも真っ先に彼に連絡を取ることを優先させた。

彼がどう言い訳をしようと、不信感は拭えない。

「それは――」

首を左右に振り彼の言葉を遮る。

「それだけじゃないわ」

なにより決定づけた事実がある。それを正直に言おう。

お互いの未来のために、それできっぱりと、後腐れなく別れなければ。

「あなたには許婚の婚約者がいるでしょ」

しっかりと目を見て言ったのに、彼の瞳には動揺の色が見えない。

「どういうふうにその話を聞いたか知らないが、俺に婚約者はいない」

「え？　でも、社内では公認の仲だって」

グランドスタッフの友人は別に噂好きな子ではない。大げさに言ったりはしないはずだ。

「単なる噂だ」

「それじゃ……婚約は」

彼はまっすぐに私の目を見てうなずく。

「していない。三年前、彼女に会って、結婚する気はないとあらためて伝えた」

「三年前？」

じゃあ、もしかしてマンションの入り口で会ったのは、そのときなの？

「ああ。帰国して君に会おうとした、その前にね。彼女には結婚の意志がないと伝えたんだ。時間を取ってほしいと伝えたら直接会いに来てな。部屋に入れず、しっかりと伝えた。婚約した覚えはないし、君と結婚するつもりはないと」

そんな——。彼女が航輝さんのマンションに来たのは、そういう事情だったの？

「でも、お相手の方は……」

幼馴染だと聞いた。子どもの頃からずっとそう信じていたなら、簡単に納得できるとは思えない。傷つくだろうし、悲しいはず。

たった数カ月付き合っただけの私でさえ、一生彼を忘れられないと思うもの。たとえ大福さんと結婚したとしても。

私は誰かを不幸にしてまで幸せを掴もうとは思わない。私の笑顔の裏で誰かが泣いているなんて考えながら暮らすのはつらい。

ふいに伸びてきた彼の手が、私の手を掴む。

「今から言う話を、よく聞いてほしい」

彼は一部始終を話してくれた。

といっても十歳の頃、彼女を助けたという短い話だ。

「確かにそのときそんな話になったかもしれない。だが、俺も子どもだったし、当然結婚にはまるで関心がなかった。彼女を妹のようにしか見ていなかったんだ。そのうち大人になれば自然と消えると思っていた」

聞いた限りでは、彼の言う通りだ。仮に彼が彼女の初恋だとしても、その程度の淡い恋の経験は誰しもある。大人になるにつれ、甘酸っぱい想い出に変わるのではないかと、私も思う。

「言い訳のように聞こえるかもしれないが、俺の耳に入るたびに、彼女とは婚約も結婚する気もないと言い続けてきた」

彼女はストーカーなのかと首を傾げた。彼の話をそのまま受け取ると、異常な執着でしかない。

「きっかけはそれだけだ。あとは彼女の父、湖山氏が俺を跡継ぎに欲しかったのもあったんだろう。彼女はひとり娘だ。俺には兄がいて、神城の家は兄が継ぐことになっているからね。だが、俺の意志も我が家の意志もそこには入っていない」

ただただ驚くばかりで、なにをどう言っていいのかわからなかった。

「三年前、最後の警告のつもりで俺は忠告したんだ。だが、最近になってまた婚約していると吹聴しはじめた。これ以降は弁護士を立てて話をすることにしたよ」

弁護士と聞いてハッとした。それほど深刻なのか。

「夕べ、父と母にあらためて事情を説明し理解を得た。今度こそ解決する」

そこまで言った彼は、ゆっくりとワイングラスを傾ける。

「美味いな、このワイン」

戸惑いつつも「うん」と、うなずいた。

あらためて口にしてみると、豊潤な香りがふんわりと広がってきて、とても美味しかった。

ワインに詳しくない私でも感じ取れる奥深い味わいだ。

甘いだけじゃない。渋みもある。時間をかけてこの複雑な風味ができたように、航輝さんだって、今まで悩みがなく生きてきたわけじゃないのだ。すべてに完璧に見えるが、その裏にはたゆまぬ努力があったはず。

だから、私の痛みをわかってくれたんだと、ふと思った。

「茉莉」

彼はふいに手を伸ばし、私の頬に触れる。

「三年前。彼女の件をはっきりさせてから、君にあらためて気持ちを伝えるつもりだったんだ。いずれは結婚したいと」

えっ、結婚？

真剣な瞳に見つめられ、目が離せない。

「昔の俺は恋愛にも結婚にも興味がなかった。だが、君と出会って気持ちが変わったんだ。――茉莉。俺は君と結婚して、君の夫になり子どもたちの父親になりたい」

驚いて息を呑む。

そんなふうにはっきり言われるとは、夢にも思っていなかった。しかも三年前からだなんて。

「で、でも――」

「返事は今すぐじゃなくていいよ」

にっこりと微笑んだ彼は私の手を離すとソファーを振り返り、小さな紙バッグを差し出した。

「これは君にプレゼント」

紙バッグのロゴマークでわかる有名宝石店『X(クロス)ビジュー』。

「開けてみて」

大きく息を吸い、高鳴る胸の鼓動を抑えながら中の包みを取り出す。

彼に見つめられながらリボンをほどき、箱を開けるとリングケースが入っていた。

恐る恐る開けると、それは明らかに意味を持つダイヤモンドの指輪で。

彼はその指輪を取ると、私の左手を取る。

「君は知らないだろうが、寝ているときに指のサイズを測ったんだ」

「えっ？　ど、どうして」

まさか……。嘘でしょう？

恐る恐る左手を上げると、指輪のサイズはピッタリだ。

「よかった。これは本当なら三年前に渡すつもりだったんだ。普段使いができるよう、なるべくダイヤが邪魔にならないデザインにしたつもりなんだが」

にわかには信じられず、ふと目に留まったのは紙袋に残っている宝石店の名前が刻印された封筒。開けてみると鑑定書のほかに保証書が入っていた。

日付は三年前。

「サプライズで君を驚かせたくてね。連絡を取るよりも、宝石店に取りに行くのを優先させてしまった。すまない」

今度こそ、込み上げる涙を抑えきれなかった。

「うっ……う」

抑えた口から嗚咽が漏れる。

「茉莉」

航輝さんは私を強く抱きしめる。

「ごめん。ごめんな、三年前に渡せなくて」

違うの。あのとき私にもう少し勇気があれば――。

堰を切ったように溢れだした涙は三年分で、泣いても泣いても止まらない。

彼は私を好きでいてくれた。


ひとしきり泣き、涙が落ち着くと、彼は私が消えた後の気持ちを聞かせてくれた。

「君が以前勤めていたエアラインにいる友人に、聞いてみたんだ。なにか知らないかってね。実はその前に彼に聞いたときは、マリはマリでもツルノマリという女性と思っていたから」

彼女は同期だった。名前が似ているから私は鶴見さんって呼ばれて、彼女はマリさんって呼ばれていたのだ。

そういえば私が辞めてすぐ、彼女も退職したと風の噂で聞いている。

「なんとか住所までは辿り着けたんだが、残念ながら人違いだった」

捜してくれたの？　私を。

しかも、そんな悲しい偶然もあったなんて……。

ふと紗空の話を思い出した。マリさんは男性関係が派手で、パイロットと不倫もしていた。彼は私を彼女だと誤解していたのか。
それでも私を思い続けていてくれたの？
彼の胸の中で、抱き寄せられたまま、また涙が溢れそうになる。彼が本当に捜して
くれたのがわかるから。
「ごめんなさい。ツルノだなんて嘘をついて」
航輝さんは微笑みながら「それはいいんだ」と、かぶりを振る。
長い指で頰を包み込まれ、「茉莉」と甘い声で囁かれたらもう――。
最初は額、次は頰へと移るキス。
ゆっくりと重ねた唇が眠っていた記憶を呼び覚ます。
「ずっと会いたかった、茉莉」
啄むようなキスから、より深い口づけへと進むうち、心が熱く蕩けていく。
耳に、首筋に。キスってこんなに幸せな気持ちになれるんだって、震える心が教え
てくれる。
抱き寄せる力強さは、ずっと踏ん張ってきた意地みたいなものを溶かしてしまう魔
力があって、見つめられると今すぐ返事をしてしまいそうになる。
ずっとここにいて。

もう帰らないでと、心で叫んだ。

想い出に蓋をしていただけで、私は彼のすべてをずっと忘れられずにいた。

初めての恋なのに最後の恋だと思っていた。こんなふうに誰かを愛するなんてできないと。それくらいあなたは私の愛そのものだったから。

それなのに。

私の身体に火をつけるだけつけて、彼は「明日いったん帰ってまた来るよ」と、体を離す。

喉もとまで出かかった『抱いて』という言葉を飲み込んで、思い出した。

この人は私の心を翻弄する天才だ。

「あっ、客間に布団を敷いてあるから使って」

慌てて逃げるように立ち上がった。

廊下に出て胸を押さえる。

こんなふうに流されちゃいけない。腰を据えて、ちゃんと考えなければ。

あくる朝「ママ」と呼ぶ声にハッとして飛び起きた。

変わらぬ朝に、昨夜の出来事は夢かと思う。

寝ぼけ眼できょろきょろと見回すも、やはり寝室に航輝さんはいない。

頭に手をあててハッと思い出す。そうだ、夢じゃない。彼はここにいて、客間の布団で寝ているのだ。

時計を見れば朝の六時。

夕べはなんだかんだと一時近くまで起きていた。いつもなら子どもたちと一緒に寝てしまうから完全に寝不足である。少し飲みすぎたし、泣きながら眠ってしまったせいで頭が重い。

まだ寝ていたいが、子どもたちの朝ご飯もあるし、なにしろ航輝さんがいるのだ。

ぺしぺしと両方の頬を叩いて気合を入れる。

さあ、起きよう。

ベビーベッドの中でぴょんぴょんと跳ねる大空と翔真が、再び「ねー、ママー」とはしゃぐ。朝から元気溌剌(はつらつ)な様子に苦笑する。

「はいはい。おはよう」

「おにーしゃんは?」

「まだ寝てるから、しー。わかった?」

人差し指を口もとにあてて、「しー」と教える。

「はーい。しー」

小声で真似をする子どもたちの頭を撫でた。

子どもたちを着替えさせ、リビングに連れていって、テレビに夢中になっている間に自分も身なりを整える。

いつもなら出かける間際まですっぴんだけれど、今朝はそういうわけにはいかない。

夕べは久々に素顔を見せてしまったから今更ではあるが、少しでも綺麗に見せたくて女心が疼くのだ。

ファンデにムラなし。アイブロウに薄くアイシャドウも入れてマスカラでボリュームアップ。よし。

キャッキャッという笑い声に様子を見に行けば、リビングにふたりはいない。

慌てて客間に行くと、大空と翔真が航輝さんの布団に乗って、航輝さんが布団の中からふたりを持ち上げたりして遊んでいた。

「キャハハ」

悲鳴に近い歓声をあげて、ふたりは大喜びだ。

「あー、もう。まだ起こしちゃダメって言ったでしょ」

航輝さんは「大丈夫」と楽しそうに笑う。

たったひと晩過ごしただけなのに、彼と子どもたちは親子に見える。

かわいがってくれて、受け入れてくれているのがとてもうれしくて。胸が熱くなり、心が震えて、また泣いてしまいそう。

夕べ散々泣いたのに、どうしてしまったんだろう。私の涙腺は壊れてしまったみたいだ。

なんとか涙に堪えて子どもたちの相手を彼に頼み、ひとりキッチンに向かった。

手を洗おうとして指輪が目に留まる。

外そうかと思ったが、『普段使いができるよう』と言っていた彼の言葉を思い出し、一度は外しかけた指輪をもとの位置に戻す。

左手の薬指から幸せが溢れてくるようだ。

頬が緩むのを感じながら、朝食の用意を始めた。

牛乳たっぷりのパンケーキとフルーツ。茹でたジャガイモを潰して作るクリームスープ。

「ご飯だよー」

声をかけつつ様子を見に行くと、彼は洗面所で顔を洗っていた。

子どもたちは彼から離れず、それぞれおもちゃを手に彼の周りをチョロチョロしていた。

「さあ、ふたりもおててを洗って」

「はーい」

タオルで顔を拭く彼は「えらいぞ」と、子どもたちが袖をまくるのを手伝ってくれる。

「手洗いが身につくように習慣にしているの」

「そうか。大事なことだからな」

しゃがんだ彼にぐりぐりと頭を撫でられて、ふたりとも頬を高揚させご満悦だが、私の心は複雑だ。

食事中も子どもたちは彼に夢中で、朝ご飯を食べて、いったん帰ると言っていた彼は「名残惜しいな」と顔を曇らせた。

もし私がこのまま今日も泊まってほしいと言えば、帰らないかもしれない。

でも、私は言いたい気持ちを飲み込んだ。

私はまだ、大福さんとのお見合いに結論を出していない。少なくとも正式に断ってからでなければ、大福さんに失礼である。

行かないでとせがむ子どもたちに、彼は「またすぐ来てくれるから」と言い聞かせる。私は複雑な気持ちでその様子を見つめ、子どもたちと一緒に彼を見送った。

彼が持ってきてくれた飛行機のおもちゃで遊ぶうち、子どもたちは早くも彼が恋しくなったらしい。「おにーしゃんは？　まだ？」と聞いてくる。

「そんなにおにいさんが好き？」

ふたりとも大きく「うん」と、うなずく。

ママとどっちが？と、聞こうとしてやめた。子どもを困らせても仕方がない。

大空に「ママは？」と聞かれ、うーんと首を傾げた。

もちろん彼が好き。しまったはずの恋が心に充満している。

でもそれはまだ口にはできない。

「ママは、大空と翔真が大好きー」

ふたりをギュッと抱きしめてごまかした。

子どもたちが彼にもらったおもちゃで遊んでいる間に家事を済ませ、子どもたちを連れて上の階の祖父母のもとへ行くことにした。

航輝さんとは、今度こそちゃんと連絡先を交換した。用事を済ませたらメッセージを送ってくれる約束になっているから、部屋を空けても大丈夫だ。

祖母も祖父も彼が何者なのか気になっているはず。今後どうするかも含めて、正直に話をしなければならない。

今日はお店が休みだ。祖父母とも部屋にいるからちょうどよかった。

上の階に行くと「あら」と祖母は少し驚いた顔をした。

「ひいばぁばみてー、もらったの」

「すごーい。よかったわねー」

大空が抱えているのは航輝さんが膨らませてくれたビニール製の飛行機で、翔真はタイヤがついていて後ろに引くと前に走りだす飛行機のおもちゃ。

それぞれのお気に入りを持ってきた。

「ぶーんって」

跳び上がらんばかりにして訴える様子は一生懸命で、航輝さんにもらったのがうれしくて仕方がないらしい。

「彼は？」

「帰った。後でまた、来るの」

言いながら恥ずかしくて語尾が弱くなる。

勝手知ったる祖父母の家、子どもたちはバタバタと廊下を走って入っていく。

「ひいじぃじ、これもらったのー」

「みてー」

今度は祖父に自慢が始まった。

祖母が「芋羊羹（いもようかん）があるから、お茶にしましょ」とキッチンに向かう。

お茶出しを手伝いながら、祖母に告白した。

「あのね、彼が子どもたちの父親なの」

「やっぱり。そっくりだものすぐにわかったわ」

ダイニングテーブルの向かいに座った祖母は、湯呑みを両手で包み込み、柔らかく微笑む。

芋羊羹を食べながら、正直になぜ彼に妊娠を言えなかったのかを話した。夕べ聞いた航輝さんと許婚の女性の話もすべて。

三年前、消えた私を捜したという彼の言葉は信じている。

指輪の保証書の日付がなによりの証拠だ。

彼の気持ちはうれしいし、なにも考えずに心だけで突き進めるなら、迷わずプロポーズに応えたい。

でも、そんな簡単に決めていいのか。

「彼女は子どもの頃から航輝さんと結婚するつもりだったんだろうし、そう簡単には納得しないと思う。三年前にもはっきり言ったのに、最近になってまた婚約者のように振る舞っていたそうなの」

時折うなずきながら黙って聞いていた祖母は、静かに口を開いた。

「その子の気持ちは本人がなんとかする。茉莉は自分の気持ちと航輝さんの気持ちだけを考えればいいのよ。――と、言いたいけど」

祖母は小さく微笑んだ。

「そこまで航輝さんに執着するような女性となると、ちょっと心配ね」

その通り。気になるのは彼女の異常性、もしストーカーだったら……。

私ひとりじゃない。

リビングを振り返り、大空と翔真の明るい笑顔を見つめ、なにがあっても私はまずこの子たちを守ると誓った。

「じゃあ、お見合いは断るのね?」

「うん。今はとても考えられないし」

大福さんはまた連絡をすると言っていたから、そのときに断ろうと思う。

ふと時計を見た。

航輝さんは三時以降に来ると言っていた。

迎える準備をしなければ。

今夜は私の手料理で迎えたい。子どもたちの分と作り分けて、久しぶりに彼のためだけに腕を振るおう。

お店は定休日なので、子どもたちを祖父母に見てもらい買い物に出かけた。

メニューはなににしようかと考えて、付き合っていた頃、航輝さんの部屋で作った料理を思い出した。あのときは確かハッシュドビーフにキッシュだったか。

いつになく買い物が楽しい。

懐かしさを胸に、今夜は少しだけ似せて鶏のトマト煮にしよう。ジャガイモのポタージュに、ゆで卵のサラダにと決めていく。

ついでにお揃いのカップを買おうかと心が揺れたが、すんでのところで我慢する。形に残るものを買うのはまだ早い。せめてもと、朝食用の食パンを高級品にする。今夜も飲むかもしれないから、輸入物のチーズも買った。

買いすぎちゃったかな。

すれ違うご近所さんと挨拶をして、ふと後ろを振り返ったときだった。

「あっ」と思わず声が出た。

「航輝さん……」

ちょうど彼が歩いてきたところだった。

それにしても、なぜスーツケース？

「どうぞ。子どもたちは上にいるの」

「ありがとう」

彼はスーツケースのほかに紙袋を下げていて、ソファーの脇に並べて置いた。

「もしかして、またおもちゃ買ってきたの？」

「いや、今日は服」

満足そうににんまりと笑みを浮かべる彼に迷いは見えない。昨夜のプロポーズも取り下げるつもりはなさそうだ。

まいったなと心で呻く。

スーツケースの中身は？ もしかして連泊するつもりなのか。

でもお休みは明日までじゃなかったの？

聞く勇気はないので、見なかったことにする。

「コーヒー淹れるわね」

そのままキッチンに向かうと、彼がついてきた。

彼が差し出したのは細長いケーキの箱だ。

「幼児向けのお菓子を買ってきたよ。甘さ控えめでクリームに豆乳を使っているらしい」

「ありがとう」

早速開けてみると、ロールケーキが入っていた。

「今日からよろしく」

「えっ？」

「ひとまず明日は帰るけど、次のフライトから戻れば二週間の休みなんだ」

ええっ？　二週間！　まだ返事もしていないのに。

ギョッとした私の肩にポンと彼は手を掛ける。

「休暇中、ゆっくりと時間をかけて話し合いたい。いいよね？」

押しかけ夫かと思いきや、そうではなかった。話し合うための時間と言われては無下にできない気もして、コクリとうなずく。

「わかった。お部屋のクローゼットとか使って」

客間にしてあるひと部屋は使わずに空けてある。誰かが泊まるときにと思っていたが、実際に泊まった人は、航輝さんだけだけれど。

うれしそうに微笑んだ航輝さんは、肩に置いた手を背中に回し、私を抱きしめる。

「ありがとう茉莉」

ハッとして息を呑む。

彼は今、私の髪にキスをしたと思う。

ゆっくりと体を離した彼は、再び私に微笑みかけて離れていく。

スーツケースを持ち上げ、客間に向かった彼の背中が見えなくなったところでがっくりと脱力し、太い息を吐いた。

突き放すなんてできそうもない。

どうする？　彼の気持ちを受け入れる？

でも、航輝さんはパイロットというだけでなく、神城技研の御曹司だ。私なんかがパートナーになんて、そんなこと許されるのかな。

ご両親やお兄様はどんな方なんだろう。義父の家のようにしきたりが厳しかったりするのだろうか。

コーヒーを淹れる準備をし、買ってきた食材を冷蔵庫にしまいながら迷う。

彼とじっくり話をしてから子どもたちを連れてくるつもりだったけれど、すぐに呼んだほうがいいのか。

子どもたちにとっては子煩悩で優しい父親がいたほうがいいに違いなく、自分が彼を拒絶する権利はないように思う。だとしたら、これ以上話し合う必要もない。

コーヒーメーカーをぼんやり見つめ、またひとつため息を落とす。

この三年はなんだったのか。

もしあのとき彼に打ち明けていれば、ひとりで寂しさと不安に泣きながら悪阻に苦しんだりせずに済んだかもしれない。

でも子どもたちがいなかったら？

ああ、頭の中がグチャグチャだ。

「冷蔵庫、いい？」

声に驚いて振り向くと彼がいて、ワインを両手に掲げる。

「今夜もふたりで飲みたいと思ってね。軽く」

ちゃめっけたっぷりの笑みに思わずつられて笑い、冷蔵庫を開けた。

「はい。どうぞ」

買ってきたばっかりの食材は一番下の棚にしまったが、ほかはがらんと空いている。

冷蔵庫にワインボトルを入れた彼は、なにかを不思議に思ったようだ。

「ん？」

「いや、前に作り置きの話をしたから」

「ああ、あの話ね」

私は節約のために自炊をしていて、冷蔵庫には安い食材で作った作り置きがいつもたくさん入っていた。航輝さんのマンションの冷蔵庫の中はガラガラで、私の冷蔵庫とは全然違うと笑って話したのだ。

覚えていてくれたのね、とうれしくなる。

「食事は祖父母と一緒にすることも多いし、子どもたちはまだそんなに食べられないから、ハンバーグとかまとめて下ごしらえしたものを冷凍してあるの」

あとは野菜とフルーツだから、一番広いスペースには豆腐と納豆くらいしか入っていない。

冷凍庫を開けて見せてあげる。ハンバーグのほかにもロールキャベツ。甘いほうれん草のカレーに、鶏のクリーム煮にシュウマイ。時間があるときに作った物がフリーザーパックに入れられて、みっちりと詰まっている。

「すごいね」

「時間があるときに。なにかと予定通りにはいかなくて」

子どもたちのどっちかが熱を出すとか、わがままスイッチが入ってなだめているうちに作る時間がなくなっちゃうとか――。

ふいに抱きしめられた。えっ？

「茉莉。ごめんな」

「どうしたの？」

「大変だっただろうなって。今、俺は自分を責めてる」

そんな……。

また泣きそうになることを。

「今夜は俺が作るよ」

私の体を離した彼は、気合十分の顔で親指を立てる。

「任せて」

彼は「なにを作るつもりだったの？」と冷蔵庫の食材を見ながら聞いてくる。

どうしよう。私、すごく楽しい。

「ばいばーい。またねー」

「またねー」

子どもたちは、航輝さんが見えなくなるまで、ぴょんぴょん飛び跳ねて手を振る。航輝さんもこまめに振り返っては手を振り、やがて通りの角に消えていった。

「さあ、お部屋に戻ろうか」

ふたりともしゅんとしていて「はーい」と答える声も元気がない。

気持ちは十分にわかる。私だって寂しいもの。

「よいしょ。よいしょ」と、かけ声をかけながら階段を上り、部屋に戻る。

「じゃあ、おやつ食べよっか。なにがいい？」

「ん……」と、大空も翔真もしょんぼりとうなだれた。

ダメだ。一応返事はするものの覇気がない。

こんなときはとテレビをつけて、子どもたちが好きなビデオを流す。

「ホットケーキ作るから、待っててね」

ひと晩寝て明日になれば、きっと日常が戻るはず。

飛行機の形のホットケーキでなんとかなだめて、ご機嫌が少しだけ直ってきたところで私は午後の店番に出た。

空を見上げれば、みごとな曇天。まるで気持ちを反映するかのように、どんよりとして寒々しい。

お客様の入りも悪く、それならばと通販サイトのチェックを始めるも、こちらも今日は売れていない。忙しければなにも考えずに済むのに、残念だ。

開けたばかりのノートパソコンを閉じた。

『五日後にまた来る。今度は二週間あるからゆっくり話をしよう』

夕べ彼がそう言った。

否を唱えることはできなかった。

彼が作ってくれた夕食は、私が買ってきた食材を使ってシンプルにグリルで焼いたもの。鶏肉をヨーグルトとお味噌に漬け込んだのは私の提案だったけれど、とても美味しかった。

ピーマンはこんがり焼けた薄皮を取り、普段ならピーマンもにんじんもあまり食べたがらない子どもたちも、航輝さんが作ったというだけで、がんばって食べた。

こんなものしかできないけど、と言っていたが、とってもうれしかった。

『君はいつの間にか俺の心の鍵を外していた。こんなふうに心を許せるのは今までもこれからも君しかいない』

彼の告白は性急だったけれど、私の気持ちに寄り添ってちゃんと待とうとしてくれる。

五日間かけて、ゆっくり考えなくちゃ。

そう思ったところで、ふと、つらい記憶が蘇る。

母は再婚してすぐ妊娠し、急な環境の変化からか体調を崩して入院。義父は私にはまったく関心がなく、大きな家に残った私はおばあさまの管理下に置かれた。

『まったくお前って子は、中学生にもなって、なんにもできないんだね！』

私はお花も生けられなかったし、お抹茶の飲み方もわからなくて。

『仕方がないから、私が躾けてやる。教養がないなら働くんだよ！』

それからは毎日、学校にいる時間以外はずっと家で働いた。長い廊下の雑巾掛け、トイレ掃除。妹と弟ができてからは子守り。和菓子屋の朝は早いから、私は四時に起きてご飯を炊いて――。

母が止めに入ると、おばあさまは激高した。

乳飲み子を抱え、店にも立った母も大変だった。母には身寄りがなかったから、離婚する選択はなかったのだ。

資産家の家というと、どうしてもあの六年間の記憶が脳裏をかすめる。

おばあさまは私が大学一年のときに亡くなったが、今でも、ほんのときどきだが、夢に出てきてうなされるのだ。

大空と翔真はまだ小さいから間に合うだろうか。私のせいで子どもたちが苦労したりしないのかな。

航輝さんは優しいから、きっと守ってくれると思う。

本当に優しい人だから、私が困っていないかと気にかけて——。


一日おいて次の日の朝、予告通り航輝さんからテレビ電話があった。

ロンドンと東京の時差は九時間。東京のほうが九時間早い。ロンドンは夜の十一時だ。

子どもたちには前もって伝えていなかったから、私がノートパソコンに映る彼を見せると大はしゃぎ。

「あっ！　おにーしゃん」

彼の顔を見ると、恋しさが募る。

【翔真、大空。おはよう】

「おはよー」

手を振りながらぴょんぴょん跳ねる子どもたち。

朝はなにを食べたとか、お土産はなにがいいかと話をして、電話を切った。

「ママー、おにーしゃん。あといくつで、くるの?」

「あとみっつだよ」

一生懸命一本ずつ指を立てて「ひとつ、ふたつ」と数える子どもたちを祖父に預け、店に行く。

残り三日か。早いな。

なにひとつ答えを見いだせないまま、すでに二日も消費したのかと、ため息が出た。

とにかく今はせっせと働こうと、ストックルームの中でストレッチをしていると、お客様が入ってきたらしい。

「いらっしゃいませ」

姿勢を正し、店内に出ると同時にハッとした。

あの女性……。航輝さんのマンションで会った人?

ファッション雑誌から抜け出したように真新しいブランド物に身を包んだ彼女はゆっくりと店内を見渡しながら歩いてくる。

間違いない。彼女は湖山麗華。ベンタスの社長令嬢で、航輝さんの幼馴染。彼の話から察するに初恋に執着する危険な女性だ。気をつけなければいけない。

私はカウンターの中に移動して彼女の様子を窺った。

彼女は陳列するベネチアングラスのショーケースの前で足を止める。

対応に出た晴美さんがショーケースを開けると、迷う様子も見せずにグラスを手に取る。そのグラスは最も高価なグラスだ。

どうやら購入したらしい。晴美さんがグラスを受け取り、彼女を私のいるカウンターへと勧めている。

振り返った彼女は、ジッと私を見つめながらカウンターに向かって歩いてくる。

「いらっしゃいませ。お飲み物をサービスしております。なにがよろしいでしょうか」

ひと目だけ壁のメニューを見た彼女は「カフェオレを」と言った。

ここに来たのは偶然であるはずもなく、否が応でも緊張し、喉の奥がゴクリと音を立てる。

「三年前、私あなたに言ったわよね。私は航輝さんの婚約者だって」

内容が仮に嘘だとしても、彼女がそう言ったのは事実だ。

「はい」

「あのときね、彼とちょっと喧嘩しちゃったの。本当はあの日、婚約指輪をもらうはずだったのにね」

えっ？　婚約指輪？

「彼と見に行ったクロスビジューでね。普段使いができるようにって私が選んだ指輪なのに」

商品に傷はつけられないから、仕事中は外しているが、確かめなくても覚えている。もらった指輪はクロスビジューのものだ。

「航輝さんは私と結婚して、いずれベンタスの社長になるの。神城には彼のお兄様がいるからね。それなのに」

彼女は淡々と話を続ける。

「ふしだらな女に捕まって。かわいそうな航輝さん」

私は彼女の発言には触れず「おまたせしました」カフェオレを出した。

悲しいかな私は中学高校と義父やおばあさまの冷たい仕打ちを受けてきた。散々苦労をしてきたせいで、傷つけようとしてくる悪意には耐性がある。

そして、嘘を見抜く術を身につけた。

おばあさまには散々嘘をつかれ、幼かった妹たちのいたずらを私のせいにされて、義父に叱られるのも日常茶飯事だったから。

陥れるための嘘をつく人は、意地の悪い表情をするのだと知っている。

目の前にいる彼女のように。

三年前は気持ちに余裕がなくて見抜けなかったが、今は違う。私はもう騙されない。

私がなにも言わないのをどう思ったのか。カフェオレをひと口飲んだ彼女は、「あなた、それで満足？」と、首を傾げる。

そこで、晴美さんが商品を紙袋に入れて持ってきた。

彼女は晴美さんに黒いクレジットカードを渡すと、紙袋の中を取り出し、包装を開けてしげしげとグラスを見つめた。

「ちっともおしゃれじゃないグラスね。どこがいいのか、さっぱりわからないわ」

ふんと鼻を鳴らし、テーブルの上にグラスを置くと、ジッと私を睨む。

「まるであなたみたい」

再び来た晴美さんの差し出す端末でカード決済を済ませた彼女は立ち上がる。

「ありがとうございました」

帰るのかとホッとしたそのとき、テーブルの上に置いたグラスを手に取った彼女は、そのまま店の奥へ向けてグラスを投げた。

ハッと息を呑むだけで止める間もない。無意識のうちに私が伸ばした手の先で、ガチャーンとグラスが割れた音が店内に響く。

「あ、手が滑っちゃった」

唖然とする晴美さんに紙袋を差し出した彼女は、にっこりと笑みを浮かべる。

「捨てておいてくださる？」

うっかりや間違いじゃない。彼女は故意に放り投げた。

悪意が私に向かうだけならまだしも、宝物のように大事なこの店の、職人さんが丹精込めて作ったグラスなのに酷すぎる。

私は大きく息を吸って、ギュッと拳に力を入れた。

大切なものを守るために戦わなければ。これからも大空と翔真を守っていかなきゃいけないんだもの。

「待ってください」

出ていこうとする彼女の背中を止めた。

急いでレジに行き、代金の十五万を取り彼女のもとへ向かう。

そして、彼女の手に代金を掴ませた。

「お代は結構です。ですが、もし次にこのようなことがあれば警察を呼びます」

「はぁ？　何様のつもりよ！」

彼女が鬼に形相でその手を振り上げた。

あ、殴られると思い、とっさに目をつぶる。

「麗華、そのへんにしておけ」

ハッとして顔を上げると、背の高い男性がいた。彼女が振り上げた腕を掴んだ男性は、紗空の夫、燎さんだった。

あっ、紗空。

いつの間にいたのか警備員の制服を着た男性数人もいて、その後ろから顔を青くして駆け寄ってきた紗空は、「もう大丈夫よ」と私を抱きしめる。

「航輝から彼女を守るように頼まれていてな。よからぬ考えは捨てたほうが身のためだぞ。神城家を本気で怒らせる気か？」

彼女は掴まれた腕を振り解く。

「わ、私はただ――、私は買ったんだもの、お金を返そうと、しただけで」

「そうか」

燎さんは彼女から代金を受け取ると私に差し出す。

圧倒されて考える間もなく、気づくと受け取っていた。

「迷惑料も後から送らせます」

警備員に促されて、悔しげに顔を歪めた湖山麗華は、くるっと背中を向ける。

その背中に燎さんは言った。

「ああ、それから麗華。今のお前の行動は録画したからな」

燎さんが合図をすると、店内にいた女性と男性がスマートフォンやカメラと思われるものを掲げる。

「一部始終を撮ってあります」と男性が言い、制服の警備員の隣に並んだ。

悔しげに唇を噛んだ湖山麗華は、わっと泣きだした。


湖山麗華がグラスを投げて、燎さんに連れられて車に乗るまで、時間で言えば十分ほどか。

フェリーチェは平常を取り戻し、警備員が、カチャカチャと音を立てながら割れたガラスの片付けをしてくれている。

『これも仕事のうちですから』と、引き受けてくれたのだ。

まるで、突然の嵐に襲われたよう。

燎さんは帰り際に、大切なグラスを割らせてしまったと謝ってくれた。その気持ちだけで十分だ。

事情は紗空が話してくれた。

航輝さんは日本を不在にする間、湖山麗華を見張っていてほしいと友人に頼んでいったという。氷の月の氷室仁さんは警備会社の役員もしているらしく、彼が手配してフェリーチェの周りを固めてくれていたらしい。

湖山麗華が動いたと知って、燎さんが紗空を連れて駆けつけてくれたのだ。

私は知らないうちに、彼に守られていた。

「コーヒーでいい？」

「ありがとう。茉莉、毅然としていてかっこよかったわ！」

あははと笑ってごまかした。

とっさに出た行動とはいえ、怒りに任せて代金を突き付けてしまったなんて、恥ずかしい。

「燎さんや警備員がいなかったら、あのまま殴られて騒ぎが大きくなっていた……。褒められないよ。でも、どうしても許せなくて、黙っていられなかったの」

「うん。茉莉が大事にしてるの知ってるもの。でもね、大学生の頃、ストーカーから茉莉が守ってくれたのを思い出したよ」

そういえばそんなこともあった。

『いい加減にしなさいよ！　紗空になにかしたら私が承知しないんだから！』

あのときは紗空を守らなきゃって必死だった。

不思議なもので誰かを守るためなら強くなれる。今はフェリーチェと子どもたちを守るために勇気が出たのだ。

「あのときは結局女の子たちでストーカーを取り囲んで撃退したんだよね」

ひとりじゃないって本当に幸せだ。しみじみとそう思う。

「とにかくよかったわ。怪我がなくて。でも、怖かったでしょ」

「うん。すごくショックだった。大事なグラスを投げるのに、なんのためらいもないんだもん。金や銀が使われていて本当に素敵なグラスだったのに」

湖山麗華は自分で購入しておいて、どこがいいのかわからないと鼻で笑った。

身につけていたものはバッグも服も真新しかったし、次々と新しいものを買っているに違いない。彼女には物を愛するという気持ちがないのだ。おそらく人に対しても。

「これでもう大丈夫ね」

「うん。とにかくホッとした」

映像には捏造（ねつぞう）した婚約指輪の話も入っているはず。三年前の嘘も、グラスを投げつける行為も、私を殴ろうとしたこともすべて、彼女自身の首を絞めるだろう。

「愛されてるなぁ、茉莉」

紗空はいたずらっぽく、フフフと笑う。

「神城さん、出発前に燎さんに電話をかけてきて、私にも茉莉をどうかよろしくって」

「ありがと」

お互いに笑い合い、紗空は自宅用のクリスマスのリースと飾りを買って帰った。

次の日、予定通り大福さんからも電話があって、私は縁談を断った。

理由はと聞かれ、子どもたちに嘘はつきたくないので、と答えた。大福さんはわかりましたと静かに電話を切った。

そして迎えた航輝さんが帰国する日。

店の前を掃除して、空を見上げる。飛行機は飛んでいないが、晴れ渡る青い空が広がっていた。

「茉莉」

ハッとして振り向くと航輝さんがいた。

「ただいま」

にっこりと微笑む彼に「お帰りなさい」と笑顔で答える。

「てっきり明日来るんだとばかり思っていました」

おといの電話でも、来るのは明日だと言っていたのに。

「そのつもりだったんだけど、つい空港からまっすぐ来てしまった」

航輝さんの手には紙袋がある。きっとまた子どもたちへのお土産がたっぷり入っているんだろう。

店の中に入ると朝一番のお客様が、会計をしている。ベネチアングラスを買ってくださったようで晴美さんがカウンターへと促していた。

「少し待っててくれる？」

「ああ、俺のことは気にしないでいい。どれどれ、まずはなにか買わせていただこうかな」

航輝さんの荷物を受け取りストックルームに置いた。

彼が店内を見回すのを見届けて、私は急ぎカウンターに入る。

お客様のコーヒーを用意して、ベネチアングラスの話をしながら、ふと思った。

大福さんがこの店に来たとき、お店に興味があるというわりには一瞥しただけで、お店の中をろくに見ようともしなかった。申し訳程度に雑貨を買っていったけれど、お店の商品についてなにも聞かれていない。

子どもたちに対しても同じだ。自分の子どもとして受け入れるというわりには、彼は大空や翔真に会おうともしなかった。

どこかそらぞらしく、言葉と行動に違和感を覚えたのはそのせいだ。

航輝さんとの再会がなければ、もしかしたら本気で大福さんとの結婚を考えたかもしれないが、おそらくうまくいかなかったと思う。

「ごちそうさまでした」とお客様が席を立つ。

「とても美味しかったです。コーヒーだけでも飲みに寄らせてもらうわね」

コーヒーを飲みに来るお客様は貴重だ。毎回とはいわずとも、折りふれなにかしら買ってくれる。

「ありがとうございます」と丁寧にお礼を述べてお見送りする。

接客が済んだところで航輝さんを振り返ると、彼はクリスマスグッズを手に取っていた。

あと二週間とちょっとでクリスマスがくる。

「オーナメント、飾るんですか？」

近寄って声をかけると、彼は「今年はね」と意味ありげな笑顔を向ける。

もしかして子どもたちと一緒にクリスマスパーティーとか考えている？

でも、年末年始のエアラインは繁忙期だ。航輝さんも休みが明けたらみっちりとフライト計画が入っているはず。

結果クリスマスグッズは元に戻し、彼はそのままベネチアングラスのコーナーに移動する。

「これを贈り物用に包んでくれるかな。母の誕生日が近いんでね」

「ありがとうございます」

航輝さんがお母様のプレゼントにと選んだのは、ベネチアングラスの香水瓶。女性に人気の商品だ。しかも私が仕入れた逸品で、偶然とはいえうれしい。

包装を晴美さんにお願いして、私はカウンターに行き航輝さんにコーヒーを淹れる。

「今日は払うよ」

「いえいえ、ショーケースの中のものはどれを買ってくださっても、お飲み物をサービスしているんです」

普通に棚に置いてある物と違って、ショーケースの中は高価なベネチアングラスの商品ばかりだ。航輝さんのようにサクサクと迷わず買ってくださるお客様は、そう多くはいない。

「じゃあ、遠慮なく」

「はい。この前とは別のトラジャがあるんです。試してみますか？」

ポケットマネーで買っておいたワンランク上のトアルコトラジャ。実は彼のために密かに用意しておいたのだ。

「へえ、それは楽しみ」

にこにこと微笑む航輝さんの笑顔は本当に素敵。

航輝さんのお母様はどんな方なんだろう。

美しくて有名なCAだったというのだから、あの赤い香水瓶が似合うような美人に違いないが、航輝さんのように優しい人なのかな。

「子どもたちは元気？」

「はい。おととい電話をしたときとまったく変わらず元気ですよ」

「それはよかった」

言葉とは裏腹に彼は盛大なため息をつく。

「コーヒーを飲んだら、今日は帰るね。子どもたちの顔を見たら絶対に帰れなくなっちゃうし。お土産はいったん預かっておいてくれるか」

がっくりとしょげる様子に、思わずクスッと笑う。

「はい。わかりました」

航輝さんは確か二週間の休みのはず。もしかしたら我が家にずっと泊まっていくのかも？なんてドキドキしていたのに、それはないようだ。

来週には、子どもたちの二歳の誕生日もある。

できればこの機会にパパとの思い出を作ってあげたかったけれど、彼だってそうそう暇じゃないだろうし。残念な反面ホッとする自分もいる。答えが出ないまま二週間ずっと一緒にいるとなったら、それはそれでつらい。

二週間後の寂しさまで、つい考えてしまう。

「ちなみに君の休みはいつ？」

「明日とあさってです。その次は一週間後の火曜と水曜」

休みは航輝さんの帰国に合わせた。まさか今日来るとは思わなかったから。

きっと休みのうちには子どもたちにも会いに来てくれるだろうし。こうして会えただけでよかったと、満足しながらミルのスイッチを押す。

ガガガと音を立てるミルからコーヒーのいい香りが漂う。

「じゃあ一泊で出かけようよ」

え！

驚いて彼を見ると「那須(なす)に別荘があるんだ」と言う。

ミルの音にかき消され聞き間違えたかと思ったが、そうではないようだ。

「那須って、栃木(とちぎ)の？」

「そうそう」

修学旅行で日光には行ったが、那須は知らない。学生のときは北関東にいたがバイトに明け暮れていたので、観光する余裕はなかった。

それに今回だって、旅行なんて考えてもいなかった。出かけるとしてもせいぜい近場の公園。がんばって動物園か水族館くらいかと。それがまさか都内から出るなんて。

一泊とはいえ泊まりとなると一気にハードルが高くなる。子どもたちは家が上の階の祖父母宅以外に泊まった経験がない。

「薪ストーブがあるから暖かいし、子どもたちはまだ雪を見たことがないだろう？　きっと楽しめると思うんだ。遊園地とか牧場もあるし、管理人に聞いてみたら雪の量もほどよいみたいでね」

彼の一言一句に胸が躍る。

雪も動物も見せてあげたい、航輝さんと雪遊びなんて、絶対に大喜びするに決まっている。それに薪ストーブがある別荘なんて、想像しただけでわくわくしてしまう。

でも、移動中子どもたちがグズったらどうしようとか、知らない土地で子どもたちの具合が悪くなったらと考えると、少し不安だ。

「どう？　泊まりはまだ心配？」

航輝さんは窺うように私を見る。

明日となるとすぐに決めなきゃいけないが、今を逃したら、二度と行けないような気もする。

指輪の返事を断ってしまったらもちろん行けないし、関係をはっきりさせる前の今だからこそ、なにも考えずに行ってもいいのかもと思う。

「あの、祖母と相談してもいいですか？」

あさっては定休日だからいいとして、明日は私の店番がないだけで店は開店している。通販サイトのチェックは出先でもできるとはいえ気がかりだ。

「休みとはいえお店の都合もあるので」

「もちろん」

サイフォンでコーヒーを落とし、航輝さんにコーヒーを出して、ストックルームに行き祖母に電話をかけた。

【はーい。なにかあった？】

「あのね。今航輝さんが来ていて。――明日一泊で子どもたちも一緒に、那須の別荘に行かないかって誘われたの」

【あら！　よかったじゃない】

明るい声に、早くも背中を押されたような気がした。

「お店、大丈夫？」

【全然大丈夫。おじいちゃんもいるんだし】

「おばあちゃん。でも、いいのかな……、私まだ、答えを出せていないの。それに子どもたちになにかあったらって、心配で」

【答えを出すためにも、なるべく一緒にいたほうがいい。子どもたちの具合が悪くなったとき用にちゃんと薬を持っていけば大丈夫よ。なにかあっても神城さんもいるし、そんなに心配することないわ。茉莉、行ってらっしゃい】

そうか、そうだよね、航輝さんは父親なんだもの。

いいのかな、と心が動く。

終始明るい祖母の声を聞いて、私も腹が決まった。

行ってみよう、那須へ。

「わかった。おばあちゃんありがとう、私、子どもたちを連れていってくるね」

【うんうん。いってらっしゃい】

ストックルームを出ると、航輝さんはカウンターに座ったまま香水瓶の会計を済ませているところだった。「ありがとう」と必殺の笑顔を向けられて、晴美さんはにこにこと満面の笑みを浮かべている。

前回来たときに、晴美さんは彼を絶賛していた。今回でさらに好感度は上がったに違いない。

カウンターに戻ると航輝さんが「美味しいコーヒーだね。香りがすごくいい」と褒めてくれた。

「よかったです」

密かに仕入れた甲斐があった。うれしくて頬が持ち上がってしまう。

「那須、行きたいです。祖母も了解してくれました」

早速お願いすると、彼はうれしそうに白い歯を見せる。

「よーし。じゃあ車で迎えに来るね」

「車？　航輝さんが運転するんですか？」

「うん。飛行機だけじゃなくて車も運転できるんだよ」

自慢げに親指を立てたりするから、あははと笑ってしまう。

付き合っていた当時、車で遠出をする機会がなかった。免許は持っていても、自分では運転しない人かと勝手に思っていたが、そうではないらしい。

「楽しみです。よろしくお願いします」

この旅行で、私も知らない彼の一面を見れるかもしれない。

じゃあ、そろそろと航輝さんが立ち上がったとき、祖母が子どもたちを連れて下りてきた。

「あー、おにーしゃん」

「やあやあ、いい子にしてたかい？」

航輝さんは大空を抱き上げ、私は翔真を抱いて、そのまま店の外に出る。

「明日、ママとおにいさんの四人でお出かけするんだぞ」

「おでかけ？」

「雪だるま作って、お馬さんを見て」

ふたりとも興味津々に聞いているが、どこまでわかっているのか。それでも明日彼と一緒に出かけるのは理解したらしい。

大空も翔真も瞳を輝かせてはしゃいでいる。

結局航輝さんは持ってきた子どもたちへのお土産を、お預けにせずに済んだが、やはり名残惜しいらしい。

やっぱり寂しいとか、でもどうしても用事があるんだとか、ブツブツ言う彼に笑って、さよならをした。

明日の準備もあるが、その前に済ませなきゃいけないことがある。

子どもたちが寝たのを見計らって、母に電話をかけた。

大福さんの旅館が義父の和菓子店の顧客というのが気になっている。断ったことで義父が母につらくあたるんじゃないかと、それだけが心配だった。

でも母は明るい声で、答えてくれた。

【いいのよ。気にしないで】

「私が断ったことで嫌な思いをするんじゃない？　お母さん大丈夫？」

【ごめんね。むしろ悩ませちゃって。お母さんの心配は必要ないわ。茉莉は自分と子どもたちのことだけを考えなさい】

それからいくつか弟たちの話をして電話を切った。

これでちゃんと航輝さんとの将来を考える準備は整った。もちろんハードルはまだいくつもあるから、結婚はまだ決められない。私がよくても神城家が受け入れてくれるかはわからないし、子どもたちにもどう話したらいいか考えなきゃいけない。

それでも三年前のように逃げ隠れせず、向き合いたいと思う。

臆病な心を捨てて、傷つくのを恐れずに。素直に。

大きく息を吸って勇気を振り絞り拳を握る。

だが、その決意を壊すかのように、電話が鳴った――。

＊＊＊

角を曲がり、すでに見えなくなったフェリーチェを振り返る。

茉莉の部屋に泊まりたいのはやまやまだったが、不安要素はすべて解決しておきたい。まずは弁護士に会いに行き、麗華と彼女の両親が書いた念書を受け取った。なにに対しての謝罪か、今後どうするかを本人に詳細に書かせただけでなく、彼女の両親が証人になっている。

これで、麗華の件は解決した。

いったん家に帰り、旅行の準備を済ませると、すでに夜の帳が下りていた。

次に向かったのは氷の月。燎には店に行くと連絡してある。忙しい男なだけにいるかどうかわからないが、直接礼を言いたかった。

そして、もうひとつ解決しなきゃいけないこともある。

幸い、店には仁だけでなく燎もいた。

「お疲れー」

「忙しいのに悪いな」

マスターにバーボンのソーダ割を頼む。

「ちょうど今来たところだ」

「湖山家に行ってきた。燎ありがとう。茉莉を守ってくれて」

仁にも礼を言う。麗華の両親は盲目的に娘を信じている。弁護士も言っていたが、仁が派遣した警備員ふたりが記録した録画がなければ、両親は状況を理解できなかっただろうと。

その場ですべてを見届けたのが、社会的地位のあるグローバル企業の御曹司、須王燎というのも大きかった。

とにかく、ふたりがいたからこそ穏便に事を運べたのだ。

「本当に感謝している」

二人に弁護士から預かった念書を見せて無事解決した旨を報告し、気持ちよく乾杯する。

「航輝、飯は?」

そういえば夕飯を食べていなかったと思い出した。

時計を見れば夜の八時。忘れていた食欲が湧いてくる。

「牡蠣飯があるぞ」

「おおーいいね」

それから他愛ない会話と食事を楽しみ、途中、ふと思い出して別荘の管理人に電話をかけた。

子どもたちが急に熱を出しても心配ないよう、近くにある評判のいい小児科を調べておくことと、早くから部屋を暖めておいてもらえるよう頼んだ。

「明日さ、子どもたちも連れて那須に行くんだ」

「おおー、早速旅行か？」

仁がニヤニヤと笑う。

「子どもたちはまだ雪を見たことがないからさ、楽しみだ」

「そりゃどうも、ごちそうさま」

開き直る俺に呆れたのか、仁がやれやれとため息をつく。

「それで？　結婚は決まったのか？」

「まだだ。返事待ち」

今はただ、なにはなくとも茉莉と双子と一緒にいられるだけでいい。

茉莉も同じ気持ちだといいが……。

「仁、頼んだ件、なにかわかったか？」

「あ、そうそう。調査、あがってきたぞ」

仁が鞄(かばん)から取り出したのは警備会社の封筒だった。

早速封筒を開けてみると、茉莉の実家についての調査報告が入っている。

仁の警備会社は極秘で調査会社のような仕事も引き受ける。金沢にも支店があると聞き頼んでいた。

「サンキュー」

「先代の女将が相当な食わせ者だったらしい。外面だけよくて、身寄りのない使用人を言葉巧みに集めて奴隷のように扱っていたそうだ。鶴見氏については先妻に聞いた話がSDカードに入ってる」

調査書を読み進めるほどに手に力が入ってしまい、仁が俺の肩に手を掛けた。

「もう少し証拠が揃うまで、耐えろよ。下手に動くと足をすくわれる」

「ああ、わかってる」

仁に頼んで探らせていたのは茉莉の実家と、老舗和菓子店、卯さ来の内情。

実家とは今はほとんど付き合いがないようだと聞いてはいたが、いつまた茉莉を苦しめるかわからない。念のためと思ったが、やはり鶴見はとんでもない男だった。

叩けばいくらでも埃が出てくるだけに、俺ならばどうとでもできるが……。
茉莉や、身内のいない茉莉の母親は、そうはいかなかったはず。
だからこそ。
グラスに残ったワインを呷るように飲み、拳を握る。
許さない。俺は絶対に、許さない――。

夢を夢で終わらせないために

空は快晴だった。

俺は昔から晴れ男と言われるが、雲ひとつない青空に、かつてないほどホッとした。

なにしろ初めての家族旅行だ。茉莉が提案を受け入れてくれる前から、計画だけはしっかり立てていた。雨の場合も行き先は考えてあるが、どうせなら晴れやかな空の下で、茉莉と子どもたちの明るい笑顔が見たい。

ほかの日がすべて雨だとしても、今日だけは晴れていてほしい。

本日晴天という予報に満足しつつ車を運転し、フェリーチェに着いたのは朝の八時だった。

途中、電話をかけていたので、ほぼ待たずに茉莉と子どもたちが現れた。

「おにーしゃん、おはよー」

「おはよー」

大空も翔真も満面の笑みだ。

「ふたりともおはよう。おりこうにしていたかな？」

ふたり揃って「うん」とうなずく。

小さいリュックを背負い、色違いでお揃いの毛糸の帽子を被るふたりは、期待に瞳を輝かせている。

「さあ、行こう」

はにかんでいる彼女の背中に腕を回し軽く抱きしめる。

彼女の服装は動きやすそうなデニムのパンツにたっぷりとしたセーター。ダウンジャケットを羽織り足もとはブーツ。完璧だ。

というのも俺もほぼ同じ格好だから。

違いがあるとすれば、茉莉は柔らかいモヘアのアイボリーのセーターにグレーのダウンジャケット。俺はグレーのセーターに黒のダウンジャケットというだけである。

「ペアルックだな」と言うと、茉莉は「色が全然違う」と笑う。

頬を染めて明らかに照れた様子がかわいい。

車を停めてあるコインパーキングまで歩く。茉莉はなにを詰め込んできたのかスーツケースを引いていた。

「あの、車にベビーシートはありますか？」

「もちろん、バッチリだ。後部座席にしっかりと取りつけてあるよ」

抜かりはない。

「四駆だしオールシーズンタイヤだから、雪道も心配ないぞ」

ウインクをすると、茉莉はあははと笑った。

「完璧ですね。今日はよろしくお願いします」

当面の目標はこの敬語をなくすこと。一気に三年前まで戻ってほしいとまではいわないが、リラックスしてほしい。

できれば自分から自然な形で緊張を解いでくれるといいが。

「荷物、持つよ」

大丈夫ですと遠慮する彼女から、スーツケースを受け取る。

コインパーキングに到着し、トランクに荷物を載せて、後部座席にセットしたチャイルドシートに子どもたちを座らせる。

本当はシートも自分で選びたかったが、時間がそれを許さず我が家の執事に頼んだ。彼には事情は後で説明すると伝えてあるが、おそらくもう調べてあるだろう。もちろんいずれは親に紹介するつもりだから、バレたところで問題はない。

「子どもたち、雪だけじゃなくて初めての旅行なの」

助手席に乗った茉莉がうれしそうでよかった。

「そうか。はしゃぎすぎて熱を出しても小児科は調べてあるから心配ないよ」

目を丸くする茉莉の手に、俺の手を重ねる。

「色々手を尽くしたつもりだが、多分十分じゃないと思う。少しでも心配があれば言ってほしい」

茉莉は少し驚いたように俺を見つめてから、弾けたように笑みを浮かべた。

「わかった。ありがとう」

さあ、出発だ。

俺たちの初めての家族旅行に。

＊＊＊

航輝さん、すごい……。

チャイルドシートだけじゃなく、小児科まで気にかけてくれたなんて。

初めての旅行で興奮しすぎた子どもたちが熱を出したらどうしようかと、それが一番心配だった。病院に迷わなくて済むと思うと、それだけで随分気が楽になる。

彼は真剣に、子どもたちのことを考えていてくれている。

私もその気持ちに応えなきゃいけない。

子どもたちに伝えたいという思いが、むくむくと湧いてくる。

こんなに頼もしい人が君たちのパパなんだよって。

高速道路に乗り、途中サービスエリアで休憩に降りたとき、どうにも我慢できず子どもたちに告白した。

「あのね。ふたりともよく聞いて。おにいさんはパパなの」

「パパ？」

「そう、ふたりのパパなの。大空と翔真をびっくりさせたくて、今まで黙ってた。ごめんね」

私の唐突な告白に、航輝さんはハッとしたように驚いていたが、次の瞬間にはきつく私を抱きしめた。

「ごめんなさい。勝手に――」

「ありがとう茉莉。本当にうれしいよ」

子どもたちは航輝さんが大好きだから、飛び跳ねて喜んだ。

「パパ」

「大空」

「パパ、パパ」

交代で高く抱き上げてもらっている。

「翔真」

「ごめんな。今まで会いに来れなくて」

よかったね大空、翔真。

三人ともすごくうれしそうで、見ているだけで胸がいっぱいになる。

込み上げる熱い思いを抑えきれそうもなくて、「コーヒー買ってきますね」と告げてその場を離れた。

気持ちを落ち着けて自販機のボタンを押す。子どもたちのジュースは持ってきてあるから、私と彼のふたり分。

指を伸ばして、ふと目に留まった指輪。今日は思い切って彼にもらった指輪をしてきた。

私はやっぱり航輝さんが好き。

大福さんとの縁談を真剣に考えながら思った。子どものためなら愛のない結婚だってできる自信はあるけれど、多分私は一生、航輝さん以外は愛せない。

「お待たせ」

「ママー」

航輝さんと遊んでいると思ったのに、子どもたちが私に向かって駆けてくる。

サンキューとコーヒーを受け取った航輝さんが肩をすくめた。

「茉莉の姿が見えなくなった途端、大騒ぎだよ」

私の両脚に、しっかとふたりが抱きついた。

「ママ……」

「どうしたの？　どこにも行かないよ」

「大空も翔真もママが大好きなんだもんな」

がっかりするならわかるけれど、航輝さんはなぜかうれしそう。

「俺と同じでね」

えっ、そういうこと？

思わずクスッと笑う。

売店で買った焼き芋やアイスを食べて、さあ、いよいよ別荘だ。

「別荘の管理人に映像を送ってもらったら結構雪があってね。子どもたちの話をしたら、庭先に雪の滑り台を作ってくれたらしい」

なんてこと、と胸が弾む。子どもたちは絶対に喜ぶ。

「すごい！　それは楽しみ」

しかも自分たちだけの滑り台だなんて、気兼ねなく思い切り遊べそう。

「もう少し大きくなったらスキー場も行こう」

「スキー場だって、よかったね」と意味のわからぬ子どもたちに話をふりながら、心はキュンと疼いた。航輝さんは子どもたちの未来を自然に語っている。なによりそれがうれしい。

別荘はログハウスだった。雑誌で見るようなとても素敵な家で、煙突もある。

雪の上に下ろされた子どもたちは、早速大はしゃぎ。

夕べも降ったらしく純白の綺麗な雪に一面覆われているが、それほど足は埋もれない。ちょうどいい雪の量だ。

「お待ちしておりました」

「よろしく」

航輝さんが管理人さんご夫婦を紹介してくれた。

「よろしくお願いします」

ご夫婦は六十代くらいか。「まあ、かわいい」と大空と翔真に目を丸くする。

「双子ちゃんなんですね」

「そうなんです、ご挨拶は？」

子どもたちは恥ずかしいのか、私や航輝さんの脚にしがみつき、隠れるようにして
「こんにちはー」と挨拶をする。

「航輝さんのお子さんの頃を思い出しますね」

彼は管理人さんに私たちをなんと説明しているんだろう。

「そうなんだ。自分の子どもの頃の写真と比べたら、瓜ふたつでね。笑ってしまった」

しゃがみ込んだ彼はふたりに「ふたりともパパとそっくりだってよ」と頭を撫でる。

言わなくてもいいのに「ママにもね」と。

私はどう反応したらいいのかわからず、苦笑するばかり。

管理人さんご夫婦は心得た方々で余計なことは口にせず、にこにこと微笑んでいる。

「そうそう、これ。お土産。彼女が働いているお店で扱っている石鹸。オーガニックのオリーブオイルでできているらしいよ」

フェリーチェの紙袋を管理人さんに差し出した航輝さんは、唖然とする私を振り返る。

「彼は乾燥肌で、冬は大変なんだそうだ。晴美さんに勧められてね」

いったい、いつの間にそんな買い物をしていたのか驚くばかりだ。

「あ、はい。そうなんです。お肌が弱い方にも評判がよくて」

慌てて、付け加えた。

「ありがとうございます。大切に使わせていただきます」

航輝さんはあははと笑う。

「そんなこと言ってないでがしがし使って。肌に合うようならまた持ってくるから」

うれしそうに袋の中を覗き込む管理人さんも航輝さんも、優しさに溢れている。

素敵だなぁと思う。

この土地の澄んだ空気が、私の心まで入り込んでくるようだった。

「中にお食事の準備ができておりますので、どうぞ」

「ありがとうございます」

管理人さんはすぐ近くに住んでいるらしく、気軽に呼んでくださいと告げて帰っていく。

寄り道したせいで、時刻はもうすぐ午後の一時だ。

「見てごらん、管理人さんが作ってくれた滑り台だよ、お昼寝したら遊ぼうな」

聞いていた通り傾斜の緩い雪の滑り台と、赤いソリがある。

子どもたちは「うん！」と、瞳を輝かせた。

「さあ、入ろう」

積み木のように重なる丸太の壁にとんがり帽子のような屋根。近づいてあらためて見上げると、かわいいというよりは重厚な作りのログハウスだ。

木の香りがする中を進むと、暖炉には火が灯っていて、その周りにはガードが囲ってある。これも気遣いなのか、子どもたちが近づけないから安心だ。ありがたい。

リビングには低めのテーブルとローソファー。ふかふかのラグが敷いてある。

管理人さんがおやつを作ってくれていたようだ。テーブルの上にはスイートポテトが用意されていた。

太い梁（はり）がむき出しの吹き抜けにはファンがゆっくりと回っている。そのおかげかポカポカに暖かい。外は雪景色、薪ストーブの炎は見ているだけで心がほっこりとして、雰囲気は満点だ。

「すごいね。素敵だね」と言いながら、翔真を抱いて見て回る。

外は寒いのに窓ガラスは少しも曇っていない。

「どうかした？」

大空を抱いた航輝さんが隣に来る。

「結露がないなぁと思って」

「ああ、三重ガラスになってるからね」

なるほど。それで窓際でも寒くないのか。

「すごく綺麗な景色です」

「ここの冬が好きなんだ。人も少ないし、雪に包まれると別の世界に来たようでね」

「ひとりで？」

「うん。学生の頃は友人たちと来たが、社会人になってからはひとり静かに」

ふと私を振り返った彼はにんまりと笑みを浮かべる。

「これからはこうして〝家族〟で来たいね」

家族……。

たとえその場しのぎでも『はい』とは言えず、困った私は、瞼を落として翔真の髪を撫でる。

彼の生活ぶりは、ラグジュアリーなマンションで、ある程度予想はしていた。

でも、所詮私の想像なんてたかがしれている。別荘がこんなに素敵だとは思わなかったし、なんでもしてくれる管理人までいるとは、考えもしなかった。

今日だけでも彼のセレブさに驚くばかりだ。

車も大きな外国車だった。高速道路のサービスエリアでも目立っていて、老若男女を問わず、何人も振り返って見ていた。

航輝さんに目を奪われる女性は多かった。そして彼女たちは、彼に瓜ふたつの子どもたちを見てため息を漏らす。『うらやましい』という囁き声を何度聞いたことか。

「さあ、ご飯にしよう」

「あ、はい。そうですね」

航輝さんは「こっちだよー」と、子どもたちを洗面所に先導する。

背の高い彼の後ろを大空と翔真がぴょこぴょこついていく。今日親子だと告白したばかりなのに、ずっと前から一緒にいる親子のよう。

子どもの順応性に驚いてしまうが、本当の親子だからなのかな。

大福さんとは、多分こうはならなかった。最後まで子どもたちが懐く姿をイメージできなかったから。

気を取り直してキッチンで手を洗い、シンク周りを確認する。

なにもかもが壁と同じ材質の木材でできているのがすごい。レンジを見ると、重たそうな鍋があり、その横にポトフ用の深いお皿が大小ふたつずつ。

【お鍋にポトフが入っています】というメモがある。

冷蔵庫を開けると、各種ドリンクのほか、カットフルーツやヨーグルトなどが入っていた。

ダイニングテーブルにはしっかりと子ども用の椅子がふたつ並んでいて、テーブルにはラップがかけられたひと口サイズの小さなサンドイッチと、百パーセントの有機リンゴジュースが用意されている。

大人はランチョンマットにお皿だが、子どもたちは飛行機の形の白磁の器だ。すごい。こんな準備までしてくれたなんて。

早速ポトフをお皿に盛りつけると、食欲をそそる湯気が立ち上る。とろとろに煮込まれた牛肉が入っていて、とっても美味しそう。

「ママー、おてて、あらったー」

「よしよし、おりこうだね」

ふたりを椅子に座らせていると航輝さんが「紅茶でいい？」と聞いてきた。うなずきつつ「あっ、私が」と言ったのに、彼は引き出しを開けて、手際よくカップやポットを取り出していく。

「いいんだ。ゆっくりしてて。この旅行は君をもてなすための旅行なんだから」

「でも、運転で疲れたんじゃないですか？」

「ぜーんぜん。パイロットの体力は伊達じゃないんだよ」

親指を立てて彼は笑い、「さあ、座って」と、私のために椅子を引く。

戸惑う私をよそに遠慮のない子どもたちは脚をバタバタさせて「ごはん、ごはん」と催促する。動き回ってお腹が空いたらしい。お皿が飛行機の形をしているので大喜びだ。

紅茶のカップを置き、航輝さんが私の隣に座る。食事のスタートだ。

「いただきます」と、みんなで手を合わせる。

「どれ食べたい？」

「これー」

翔真が身を乗り出すようにしてサンドイッチを指さす。

「大空はどれがいいんだ？」

「ぼく、これ」

それぞれサンドイッチをお皿に取ってあげる。大空は野菜が混ぜてあるツナのサンド、翔真は卵サンド。ふたりは美味しそうに頬張る。

「美味しいか？」

大きくうなずく子どもたちがいて、優しく見守る航輝さんがいて、なんだかとっても幸せだ。

堪らない不安を背中に感じながら、今は気づかないふりをする。

このまま時間が止まったらいいのに……。

食事が済んでお腹いっぱいになると、子どもたちは電池が切れたように、私と航輝さんの腕の中で眠りについた。興奮しすぎて眠れないかと思いきや、そんな心配は必要なかったらしい。いつもよりほんの少し遅いお昼寝タイムに突入だ。

航輝さんが子どもたちを運んだ場所は、リビングの隅のほうで、そこにはマットレスのような弾力がある敷物が敷かれていて毛布も置いてある。

「もしかして子どもたちのために？」

「管理人さんに頼んでおいたからね。実は君に聞く前に、準備だけは頼んでおいたんだ。急に頼むよりいいだろうと思ってね」

なるほどそうだったのか。昨日の今日にしては随分と行き届いているから。

ここには子どもたちが壊してしまいそうなものもない。高価そうなものや壊れやすいものは、コレクションボードの中か手が届かないところにある。前もって片付けておいてくれたのかもしれない。

なにもかも完璧でため息が出るばかりだ。

「ありがとう茉莉、準備が無駄にならずに済んでよかったよ」

「い、いえ。こちらこそ。本当に助かりました」

家を出てから私はなにひとつ困っていない。夕べはあれこれ心配だったのに、本当になにもかも感動するばかりだ。

「食事も実は心配だったんです。レストランの外食をしたことがないから、騒いでほかのお客様に迷惑かけたらどうしようって」

「そうか、よかった。ここでなら好き勝手できると思ってね」

にっこりと微笑む彼が、今まで以上に頼もしく見えた。

もちろん経済的に余裕があればこその気配りだと思うが、資産家がみんな彼のように優しいわけじゃない。金沢の実家にいた〝おばあさま〟のように優しさのない人だっている。

「石鹸もありがとうございます。本当なら私が持ってこなきゃいけないのに」

全然気が回らなかった。

「え、どうして？　だって君は彼らの存在を知らなかったんだから、いいんだよ？」

「それはそうですけど……」

「俺は彼らと長い付き合いで彼の乾燥肌を知ってた。それだけだ」

私の肩を抱いて、「気にしないで」と言う航輝さんの優しさは、見せかけじゃない。

晴美さんや管理人さんへの態度でもわかる。

人を立場で差別したりはしない。

「今のうちに案内しよう」

「はい」

あらためて室内を見回しながら歩く。

おそらく二十畳はありそうな広い空間は、丸太でできた仕切りでなんとなくゾーン分けされている。子どもたちを寝かせたスペースは少し奥まっていて天井が低くなっていて、その上にはロフトがある。

航輝さんに促されて、階段を上ると、ロフトスペースには大きなマッサージチェアがあった。

「うわー、大きい」

腕も脚もそれぞれ包み込む形をしている。

「お風呂上がりに使ってみるといい。気持ちいいよ」

「はい。借りてみます」

っていうか、今すぐやってみたい。なんて思っていると、そこから数歩上がり、別の部屋に案内された。

寝室がふたつ。全体が温かい。家族での暮らしを連想させる空間に、心が揺れて、また来れたらいいなと、思わずにはいられなかった。

子どもたちが昼寝から目覚めると、四人で雪遊びをした。

滑り台に雪合戦。子どもたちは大喜びで、ずっと笑いっぱなし。

お腹ペコペコで食べる夕食はとっても美味しくて、遊び疲れたのだろう、まだ寝ないとがんばっていた子どもたちも、瞬く間にぐっすりと眠りについた。

さあ、これからは大人の時間だ。

ワインを飲みながら、スマートフォンを差し出し、航輝さんに子どもたちの写真を見せてあげた。

このときはこうだったのと説明しながら、うっかり涙ぐんで、彼に抱き寄せられたり。

一歳の誕生日の動画が、一番泣けた。

いつ寝ていつ起きたのかもよく覚えていない毎日で、いつの間にか経っていた一年。よくぞ育ってくれたと、子どもたちの笑い顔を見ながら、泣いた誕生日。

俺もここにいたかったなと呟く声に、私もいてほしかったと胸が苦しくなって。

いつしかすっかり涙だらけになった私の頬を、彼がそっと拭う。

「茉莉、これからの話をしよう」

いよいよだ。私も神妙に「はい」とうなずく。

この旅行は、その話をするために来たようなものなのだから。

「茉莉、俺との結婚のこと、考えてくれた？」

しっかりと考えた。

大空と翔真の幸せを第一に。

一緒にいて十分にわかった。彼がどれほど子どもたちを大切に思ってくれているか。

私を愛してくれているか。

三年前の誤解も解けた。私は彼を信じる。でも——。

「私は……」

彼の胸に飛び込みたい。一緒に幸せになりたい。家族四人で暮らしたい。今日のように笑い合って。相談し合って。

ときには叱られて、つらいときは彼になぐさめてもらって。

だけど、それを望んだら航輝さんが。

込み上げる悲しみに耐えられず口もとを押さえる。

「ごめんなさい、私…」

ふいに抱き寄せられた。

「謝らないでいいんだ、茉莉。時間はたっぷりあるんだから」

すっぽりと包むように、彼は抱きしめてくる。

「俺の前では無理をしないで」

背中を撫でる彼の手は、千々に乱れる私の心を撫でていく。

航輝さん……。ありがとう。でもね。

――旅行前、義父から電話があった。

用件は大福さんとのお見合いの件だった。

【どういうつもりだ！】

開口一番、義父は怒鳴った。

【一千万。お前が払え】

『それは、どういう？』

義父は大福さんから、結納金として一千万円を受け取る約束をしていたらしい。

【大福さんはな、お前のようなアバズレをもらってくれるって言ってくれたんだぞ？　その金がなきゃ店は倒産だ！　お前は家族を路頭に迷わせる気か！】

いつまでも弱い私じゃない。当然、突き放すつもりだった。

『どうして私が責任をとらなきゃいけないの？』

【ふん、なにを偉そうに。お前の子どもの父親、わかったぞ。大福さんが調べたそうだ。最近お前の周りをチョロチョロしてるらしいな】

唖然として返事ができない私に、義父は言ったのである。

【エリートパイロットでいいとこの御曹司なんだって？　週刊誌は喜ぶだろうな、そういうの】

『やめて！　なにをする気なの！』

【大事な娘を孕ませて、責任もとらないクズは、世間様に制裁を受けて当然だ】

『あの人は関係ないの。お願いだからやめて』

とにかく近いうちに金沢に行くからと約束し、電話を切った。

航輝さんを巻き込むわけにはいかない。私が解決しなければいけない問題だから。

愛する人を、絶対に、守らなきゃいけない――。

この問題を必ず解決する。それからもう一度、あらためて航輝さんと向き合おう。

彼がくれた温もりを勇気に変え、涙を拭う。

体を離すと、微笑む彼と目が合った。

「航輝さん、もう少しだけ待ってくれますか？」

彼は私をジッと見てうなずく。

「もちろんだ。ただ、忘れないでほしい。君は俺が守る。なにがあっても俺は、もう二度と君を手放すつもりはない」

ハッとして胸を打たれると同時に、確固たるその様子に、ふと思った。

「あの……、もしかして」

なにか知ってるの？

答えを聞く前に、彼のスマートフォンが鳴った。

「おっと、まずいね」

結構な音だから、せっかく眠りについた子どもたちが起きてしまう。

「茉莉、すべてわかってる。だから、茉莉は心配しないで、全部俺に任せて」

「航輝さん？」

「詳しい話はまた後でな。とにかく安心して先に寝て。いいね？」

立ち上がり際、彼は私をギュッと抱き寄せて、頬に残る涙を指先で拭い微笑んだ。

航輝さん……。

彼が電話で話す微かな声が聞こえてくる。

泣き疲れてジンジンする頭を凪ぐように、その声は私の心を温めた。

〝心配しないで、全部俺に任せて〟

彼を想いながら、私はいつしか眠りに落ちた。

穏やかで幸せな夢の中に。


次の日は、朝から牧場で遊んだり、遊園地へ行ったりと盛りだくさんのイベントに子どもたちは大満足で、帰りの車の中はぐっすりと眠っていた。

途中、信号待ちのときに航輝さんが私の手を力強く握って、うなずいた。

「俺が全部解決する。安心してほしい」

義父に脅された話をしようかと迷ったけれど、結局言わなかった。その件くらいは自分でなんとかしなければ。

「話の続きはあさってゆっくり話をしよう。疲れただろう？　寝ていいよ」

「うん。ありがとう」

すぐ隣に彼がいる。

そう思うだけで、なにもかも大丈夫だと思える。

昔みたいに弱い私じゃない。義父のひとりやふたりなんてことないわと勇気が湧いてくる。すると、尻尾を巻く義父が脳裏に浮かび、心でクスッと笑った。

そっと振り向いて彼の横顔を見ていると、ちらりとこっちを見た彼がにっこりと微笑んだ。

「眠い」

ちょっと甘えて言ってみた。

「ああ、おやすみ」

そう言って彼はまた手を伸ばし、私の手に重ねた。

航輝さんは私を安心させるだけじゃなくて、勇気と希望をくれる。

大好きよと心で呟きそっと瞼を閉じた。

安心できるうたた寝って、こんなに幸せなんだなぁと思ううち、本気で寝てしまったらしい。

気づいたときにはフェリーチェに着いていた。

「今日はありがとう」

荷物を運び入れ、外まで見送りに出ようとしたが、ここでいいよと彼がうなずく。

ベッドに運んだ子どもたちが心配だから、玄関でお別れだ。

「じゃあ、またあさって。午前中には来れると思う」

私は迷わず「待ってる」とにっこり笑って、どちらからともなく抱き合った。

「じゃあ、ゆっくり休んで。おやすみ」

「おやすみなさい」


あくる朝、子どもたちはいつの間にかベッドに寝ていたことに、ぶーぶー文句を言って困らせた。

「ぱっぱー」

「パパはー」

早速朝から大騒ぎだ。

「パパはね」と言いながら胸がキュンと疼く。

「明日また来るから。ね、いい子で待っていようね」

航輝さんが来るのは明日。

私が直近で金沢に行けるのはあさってだ。

晴美さんに店番をお願いできるか聞いてみると、快く了承してくれた。

航輝さんがもしいてくれるなら、母に報告に行きたいからと、子どもたちをお願いするつもり。彼が来れないなら、やはり祖母にお願いするしかない。

「おばあちゃん。私ね、あさって、ちょっと金沢に行きたいの。大空と翔真を預かってもらえないかな」

「いいわよ。泊まりなの？」

「日帰りで帰ってくる」

新幹線で片道二時間半。慌ただしいが十分日帰りで行ける。

にっこりと微笑む祖母に心の中で手を合わせた。いつもいつも、頼るばっかりで申し訳ない。

「ありがとう。ほんとにごめんね」

連れていければいいのだが、どうしても義父に子どもたちを会わせたくない。妊娠発覚で追い出された後、私は義父の戸籍から抜けたし、子どもたちと義父は赤の他人なんだもの。

「大丈夫よ。お母さんに相談してくるんでしょ？」

「あ、うん。そうしようと思って」と応えたが、真っ赤な嘘だ。

母には心配かけたくないから、内緒で義父と会うつもり。直接会って、なんとしても、義父がしようとしている航輝さんへの嫌がらせを止めなければ。

考えただけでずっしりと心が重くなるが、脅してくるようなら警察だってなんだって駆け込む覚悟である。

「航輝さん」と言いだした祖母の声に、ハッとして振り返ると、祖母は子どもたちを見つめながら「いい人でよかったわね」としみじみと呟くように言う。

「おにーさんはパパなのって、散々自慢されちゃったわ」

あははと思わず笑顔になる。

彼は本当に素敵なパパだ。

私はもう迷わない。

義父と会って交渉が決裂し、最悪の場合は正直に航輝さんに助けを求めようと思っている。振り返れば彼がいると思うだけで、負ける気がしない。

私は大丈夫。鬼に金棒、百人力だ！

と、そのときスマートフォンが鳴った。

表示された〝義父〟という文字に一瞬息を呑んだが、スマートフォンを持って誰もいない部屋に移動する。

大きく深呼吸をする。ちょうどよかった。あさって行くと伝えればいい。

「はい」

【もしもし、茉莉か。俺だ、すまなかった】

え？　どういうこと？

また怒鳴られると思ったのに、その逆で、義父は謝ってくる。

あの義父が素直に謝罪するはずがない。いったいなにを企んでいるのか。訝しみ、ろくに返事もできないでいるうちに、【茉莉】と、電話は母に代わる。

「え？　お母さん？」

【茉莉、今までごめんね。お母さん離婚するの。もうこの男の話は無視していいからね】

「ふへっ？」と素っ頓狂な声が出た。

母は今なんと言った？　離婚？

「り、離婚って？　お母さんが？」

私はまだ結婚すらしていないしと、混乱する。

【そうよ。この人ったら、お店のお金を使い込んで愛人につぎ込んでいたの。今後は弁護士さんを通して進めるわ。茉莉はなにも心配しなくていいからね】

「あ、そ、そう」

状況から察するに、今その話し合いの真っ最中なんだろう。詳しくはまた後でと電話を切る。

呆然としたまま、リビングに戻る。

「どうしたの？　茉莉？」

「え？　あ、それがね」

母の言葉を反芻する。

「お母さんが、離婚するって」

聞き返したのだから間違いない。

「えっと。それは喜んでいるの？　それとも」

それは当然――。

「喜んでるに決まってるよ」

満面の笑みを向けたが。でも、どういうこと？

突然なにがどうしてこうなったの？

＊＊＊

那須から都内に戻った次の日、俺は朝一番で金沢に向かった。

駅には仁の警備会社の社員と、ひとりの女性が俺を出迎えてくれた。女性は茉莉の母親で、実は密かに連絡を取っていた。

「本日はすみません」

頭を下げると、彼女は「こちらこそお世話になります」と深く頭を下げる。

実際に会うのは初めてだが、ひと目でわかるほど茉莉によく似ている。優しい表情をした綺麗な女性だった。

彼女は幸い、鶴見との離婚を計画していた。すでに昨日から、茉莉の弟と妹はウイークリーマンションに移動したという。

「早速、行こうと思うのですがよろしいですか？」

「ええ、もちろんです」

鶴見は女性従業員と浮気をしていた。その女にマンションを買い与えたほか、店の金を使い込み、遊興費に充てた。金が足りなくなったところで、茉莉を大福という男に売り飛ばす計画を立てたのだ。正真正銘のろくでなしである。

「まさか裏でそんな約束があったなんて。茉莉に申し訳なくて……」

大福はそれほど悪い評判はなかった。なぜ子どもがいる茉莉との結婚を望んだかはわからないが、彼は裕福だ。母が娘を心配し、離婚前に娘の幸せを思って、彼を勧めた心情はわからなくもない。認めたくはないが。

「あの……いつ離婚を決意されたのか、差し支えなければ伺っても」

「結婚してすぐです」

彼女は笑った。すぐに子どもができてしまって、ずっと時期を待っていたのだと。

「茉莉の妹と弟がいますし、育てるための力を蓄えていました。子どもたちも分別がつくだけ成長し、ようやく貯金もできましたしね」

「そうですか。では、慰謝料、山盛りふんだくりましょう」

「ええ」

彼女は楽しそうに笑った。和菓子屋で培った技術で、これから小さな店を開くという。思った以上に強い女性だった。

もちろん俺は協力を惜しまない。

「そういえば彼は、俺が茉莉の子どもたちの父親だと突き止めたようで、脅迫してきましたよ」

「ええ？　なんですって」

鶴見は俺に『茉莉と別れるか、お前が一千万円払え』と言ってきた。さもなければ週刊誌に売ると。

「逆に脅してやろうと思います。電話は録音しましたしね。安心してください、慰謝料は上乗せさせますから」

あははと笑い合った。


まず茉莉の母が、鶴見の愛人のマンションの前で鶴見を呼び出した。

昨日から母子ともに姿を見せないとあって、鶴見はすぐに駆けつけた。

一緒にいた俺が脅迫した相手だと知り、『お前か！』と最初は激高していたが、その威勢のよさも束の間だった。

近くのカフェに入り、これまでの鶴見の悪事を、証拠とともに片っ端から突き付けた。今回の浮気に娘や俺への脅迫のほか、前妻の証言もある。

話が進むにつれ、おもしろいように鶴見の顔から血の気が引いていった。

「警察に提出しようと思っています。この証拠とともに全部、包み隠さず。業務上横領罪に、脅迫罪。ああ、そうそう、色々と告発したいという女性従業員もいるそうで――」

「ま、待ってくれ。わかった。わかったから」

そして、俺たちの目の前で茉莉に電話をかけさせた。

「もしもし、茉莉か。俺だ、すまなかった」

俺と茉莉の母に睨まれて、鶴見は続ける。

「もう電話はかけない。二度と迷惑はかけない。——本当に、すまなかった」

電話を茉莉の母が受け取り、代わる。

「茉莉、今までごめんね。お母さん離婚するの。もうこの男の話は無視していいからね」

その間に俺は、鶴見に弁護士の連絡先を渡す。

「今後は弁護士と話をしてください。お義母さんとの離婚についても、一切、直接話はしないように」

口ごもる鶴見に、「脅迫で訴えられたくなければ、守るしかありませんよ」と釘を刺す。

鶴見は体を震わせていた。

これでもう大丈夫だ。東京へ帰ろう。

茉莉と子どもたちのもとへ。

＊＊＊

夕食の後、寝てしまった子どもたちを祖母にお願いし、ひとまず部屋に戻る。

まず母に連絡してみよう。「また掛け直す」と言われて話が終わってしまったままなので、詳しく聞きたい。

スマートフォンを手にメッセージを打ちはじめたちょうどそのとき、電話が鳴った。タイミングよく母からである。

「お母さん。ちょうどよかった。あさってね、私金沢に行こうと思ってたの」

【いいわよ。わざわざ来なくても。今電話大丈夫？】

「うん。子どもたちはおばあちゃんのところで寝ちゃったから」

それから母は、詳しく聞かせてくれた。

再婚して間もなく母は結婚を後悔したという。すぐに妊娠し入院している間に、私が鶴見のおばあさまや義父につらくあたられていたと知り、決意したのだと。

私に心配かけたくなくて、離婚の決意を秘めていたらしい。

【ごめんね茉莉。お母さんに力がなかったばっかりに、苦労ばっかりで】

「お母さん。私は大丈夫だよ？　今幸せなんだもの」

言いながら、母も私も泣いた。

妊娠したときだって、祖母からの連絡で事情を知った母は駆けつけてくれた。祖父母に泣きながら礼を言ってくれたのだ。

私があの家を飛び出して、大学に進学できたのも母のおかげだ。

どうして母を責められるだろう。私のために再婚したはずが、乳飲み子を抱えて身動きできなくなったのだ。母のつらさは十分わかっている。

むしろ心配なのは妹と弟だ。

私にとっては悪魔でも彼らには実の父である。離婚でつらい思いをしていないか心配だったが、ふたりとも父親にはすっかり愛想をつかしているらしい。

【ふたりとも離婚には賛成よ。浮気も気づいてたしね】

それを聞いてホッとした。

なにより驚いたのは、航輝さんの話だった。

義父が電話をかけてきたあの場に、彼もいたとは。

【航輝さんが、弁護士さんと一緒に会いに来てくれたときは、本当に驚いたわ。あの人、航輝さんになにかやらかしたらしくてね。訴えたいと相談されて、渡りに船よ。便乗して用意してあった離婚届を突き付けたってわけ】

驚く反面、ふふっと笑う楽しそうな母につられて私も笑った。

【落ち着いたらまた会いに行くわ】

「わかった。待ってる」

【航輝さんと幸せにね】

うん、と答えながら涙声になる。

母も泣き、私たちを苦しめた長い呪縛が、うれし涙とともに解き放たれた。

電話を切ってホッとすると、クスッと笑いが込み上げた。

「航輝さんったら、いつの間に」

彼が言っていた大丈夫の意味がようやくわかった。

子どもたちに後ろ髪を引かれつつ、彼がどうしても行かなきゃいけなかった用事は、金沢行きだったのだ。

言ってくれたらよかったのにと思うが、私に心配をかけたくなかったんだろう。

義父は、私があんなに止めたのに、きっと恐喝したんだ。

そして義父は、あっけなく叩きのめされたのだ。航輝さんに――。

なんだかおかしくて笑って、笑いながら涙が溢れてくる。

呆れるやら悲しいやら、うれしいやら。

涙を拭いつつティッシュを取ると、またスマートフォンが音を立てた。

表示された名前にハッとする。航輝さんからだ。

【茉莉、今大丈夫？】

「はい。あ、航輝さん、ちょうど今、母から聞いたの」

【バレたか】

あははと笑ってから、彼は勝手に動いて悪かったと謝った。

【どうも俺を探っているやつがいると連絡があって、追跡すると大福という男に辿り着いたんだ。そして、鶴見に繋がったわけ】

途中、大福という言葉にドキッとして、〝鶴見〟と呼び捨てなのにはクスッと笑う。

「脅迫してきたの？　私と子どもたちの件で」

それには答えず彼は【なんとも呆れたよ】と言う。

【まったく。俺を正面から恐喝するとはな、なんの捻りもないんだから】

義父は私には悪魔のように恐ろしい人だった。なのに、きっと百人束になってかかっても、航輝さんには敵わない。

「航輝さん、今どこにいるの？」

【うん……フェリーチェの前】

「えっ?」

慌てて窓辺に行き、見下ろせば航輝さんが手を振った。

「上がってきて」

【いいのか?】

「もちろん」

航輝さんが電話を切って、私は玄関に向かう。

小さなエレベーターに耳を澄ませ、到着するのを待った。

ガチャッと音がして、扉が開いて——。

「航輝さん」

私はなにも考えないで、航輝さんに抱きついた。

「茉莉」

彼は笑って、私を抱きしめて。

そしてどちらからともなく、キスをする。

「私ね、この三年間。本当は、ずっと待ってたの。いつか、航輝さんが迎えに来てくれるんじゃないかって」

誰にも言えなかった私だけの秘密。

叶わぬと知りながら、ずっと夢に見ていた。こんな日が来ることを。

うんうんとうなずいた彼は、少し切なそうに微笑む。

「ごめんな、遅くなって」

「ううん。いいの」

泣きながら、何度も何度も唇を重ねる。すると彼がそっと頬を撫でて囁いた。

「もう二度と離さない。――愛しているよ、茉莉」

エピローグ

「いい天気だ。俺もお前たちも晴れ男だな」

見渡す空は雲ひとつない。最高のフライト日和に、大空を抱いた航輝さんはうれしそうに相好を崩す。

「はれおとこ？」

私に抱かれた翔真が首を傾げた。

「そう。青空に恵まれる晴れ男。それで、ママは晴れ女だ」

航輝さんは空いている手で翔真の頭をグリグリと撫でる。

え、私も？

私はどちらかといえば雨女だと思うが、気分は快晴なので同意しておく。

「ひこーき。あっちも、ひこーき」

「うんうん。飛行機いっぱいだね」

大空と翔真は窓から見える飛行機に大興奮だ。

「あー、おめめがある！」

子どもたちが指さす飛行機は、先端部分が魚の顔になっている。特別塗装機と言って広告でラッピングされているのだ。

「ああ、あれは特別塗装機と言ってだな――」

航輝さんは手を抜かずに真面目に教えている。子どもたちは首を傾げながらも、ジッと彼を見て聞いている。その様子が微笑ましくて、私は思わずクスッと笑った。

私たちは今、パリ行きの機内で離陸を待っているところ。

しかも座席はファーストクラス。航空会社は航輝さんがいるルージェット日本ではなくて、まさかのベンタスだ。

あれは神城の実家で結婚式はどこで挙げようという話になったときだった。

希望を聞かれ、私の脳裏にまず浮かんだのはエーゲ海。私と彼が出会った島だが、言うまでもなくあきらめた。直行便はないし、移動も多い。そもそも二歳児の長距離便はハードルが高すぎる。

急に泣きだしてほかのお客様の迷惑になってしまっては申し訳ない。飛行機での旅はもう少し大きくなるまで無理だと思っていたのだ。

でも航輝さんは違った。

こともなげに『ヨーロッパなんかどう?』と言ったのだ。

『いやいや無理でしょう』

国内線とはいえ私もCAだったのだからわかっている。子どもが泣くのは仕方がないとはいえ、迷惑はかけたくない。

すると彼は『大丈夫だよ』と、さらりと言ったのである。

『ファーストクラスを貸し切ればいい。それでも気になるなら、プライベートジェットでも借りようか？』

その発想はなかった。

仰天する私をよそに、居合わせた彼のお兄様が、だったら俺のフライトのときにすればいいと言いだしたのだ。

彼の両親ももちろん彼も、ついでに言えば大空と翔真も大賛成。

というわけで、私たち母子が神城の姓に変わって半年後。こうして私たちは親子揃って機上の人となったのである。

その後、彼が友人たちと話をしている間に、だったらうちのシャトーを使えと須王燎さんが言いだして、トントン拍子に話はまとまったのだ。

ブルゴーニュには須王家御用達のワイン醸造所があり、隣接する小さな古城で紗空は結婚式を挙げた。

勝手はわかっているし、子どもたちが駆け回ってのびのびと遊べるのもいい。私はなにより親友の紗空と同じ場所で式を挙げられるというのもうれしかった。

なにしろ紗空の結婚式には、出産時期と重なり行けなかったから。

「ひーじぃじ。見てー」

子どもたちが祖父母のところに行って、CAさんにもらったおもちゃを自慢する。

「あら、よかったね」

貸し切ったファーストクラスは十席。航輝さんと私と子どもたち。そして祖父母。母に妹と弟が乗っている。

神城のお父様はお母様と一緒に仕事でロンドンにいて、直接現地にて集合だ。

首を回すと、母や妹たちの笑顔が見えた。新しい服を着ておしゃれをして、みんな元気で楽しそう。

離婚宣言からほどなくして母はサクッと離婚した。

鶴見の店を母が離れると、従業員も一斉に退職届を出したらしい。職人がいなくなった店は、鶴見ひとりではどうにもならず開店休業状態だそうだ。私とはもう赤の他人だが、血縁のある妹と弟のためにも、これ以上誰にも迷惑をかけずにいてほしいと願うばかりである。

母の新しい店は来月完成する。中学生の妹は、いずれ母と一緒に店を切り盛りするのだと燃えているし、小学生の弟も新生活が楽しそう。みんな今回が初めての海外旅行で、しかもファーストクラスの旅とあって、戸惑いつつもとても喜んでくれている。

「茉莉」

振り向くと、航輝さんが隣の席から身を乗り出していた。

「ん？　なあに」

首を傾げる私の頬に、チュッと彼はキスをする。

「ようやく今日を迎えられたな」

照れながら、うんとうなずく。

この半年、なにかと忙しかった。

航輝さんは今回大型連休を取るために、フライトスケジュールをみっちり入れていたし、私と子どもたちはフェリーチェと神城の家を行ったり来たり。

神城のお父様とお母様は、子どもたちと私を、諸手を挙げて歓迎してくれたのだ。

〝おばあさま〟に植え付けられた上流階級に対する恐怖を、明るい笑顔でいともあっさりと消してくれた。

こうして今日を迎えられたのは、私ひとりの力じゃない。

「応援してくれたみんなのおかげだわ」

「ああ、そうだな」

腕を伸ばして、彼は私を抱き寄せる。

「でも、一番がんばったのは茉莉だぞ」

頭を振って「航輝さんのおかげ」と、彼の頬にキスを返す。

あの日、彼がフェリーチェに来てくれなかったら、今日という日は迎えられなかったもの。

「幸せか?」

「もちろんよ」

これ以上ないほど幸せだ。

《ご搭乗の皆様こんにちは。本日は――》

搭乗御礼の機内アナウンスが始まった。

戻ってきた子どもたちに「朝飛おじさんよ。わかる?」と教える。

耳を澄ませて聞いていると。

《――Sit back and enjoy your flight. 大空、翔真、さあ出発だ》

「あっ!」

「兄貴のやつ、俺のセリフを取りやがった」

航輝さんはブツブツ言うが、それでも楽しそうに笑う。子どもたちも、自分が呼ばれたのはわかったらしい。みんなでお兄様のプレゼントに沸き上がった。

航輝さんと見つめ合って微笑み合う。

この上なく幸せだけれど、でもね、航輝さん。

あなたと一緒だから、明日はもっと幸せね。

END

特別書き下ろし番外編

「では、よろしくお願いします」

少々の不安を抱え、頭を下げた。

「はーい。大丈夫よ」

神城の母と家政婦さんに挟まれて、大空と翔真が「ばいばい」と手を振る。ふたりともにこにこと表情は明るく、寂しげな影は微塵もない。すっかり神城の家に慣れた様子にうれしくなるが、ママがいなくてももう大丈夫なの？なんてちょっと寂しくなる。母の心は複雑だ。

今日、航輝さんがフライトから帰ってくる。

たまにはふたりきりでのんびりしなさいと言ってくれた神城の母に甘えて、今夜ひと晩はふたりでゆっくり過ごすつもり。

航輝さんがどこかにディナーの予約を入れてくれたらしい。そしてそのまま泊まるのだそうだ。

季節は秋。ブルゴーニュで結婚式を挙げてからさらに三カ月が経った。

フェリーチェの店番と部屋への行き来でほとんど済んでいた私の生活は、少しずつ変わってきている。

入籍と同時に、航輝さんはマンションを引き払い、ひとまずフェリーチェの私たちの部屋に引っ越してきた。今はあらためて探したフェリーチェの近くのマンションで、家族四人で住んでいる。

祖父母が店を続ける限り、私はフェリーチェで働いていたいと思う。その先はわからないけれど、わからないのも含めて楽しんでいきたい。


「茉莉ー。お待たせ」

待ち合わせの本屋に紗空が来た。

「選んでおいたよ。雑誌」

「ありがとう」

紗空のお腹の中には赤ちゃんがいる。まだ発覚したばかりだが、今日は先輩として保育雑誌選びにお付き合い。

「じゃあ、行こうか」

「うん」

歩きながら近況を報告し合った。

「──でね。今夜はふたりきりでデートなの」

「よかったね、茉莉！　でもそっかー、子どもが生まれたらふたりきりのデートはできなくなっちゃうんだね」

「そうよ。だから紗空も今のうちに思い切りデートして」

クスクス笑い合ってから、私は紗空の肩をギュッと抱き寄せた。

「紗空、ありがとうね。色々」

「やだなぁ、なによ急に。でもさぁ茉莉、燎さんと航輝さんが友だちでよかったね」

それには大きくうなずく。

筒抜けなのは玉に瑕だが、気兼ねなく四人で会えるのがなによりうれしい。

「女の子だったら、航輝さんがうちの嫁にとか言いそう」

「燎さんは一生結婚させないって言うと思うわ。それか婿にもらうとか言うかも」

どちらも目に浮かぶようで、また笑い合った。

今から行くのはエステサロンだ。

紗空が行きつけの店を紹介してもらい、私も会員になった。セレブの仲間入りとまではいかないが、神城家の嫁として恥ずかしくないよう、可能な限りは自分を磨いていこうと思う。

夜七時。航輝さんのエスコートで来たホテルは『コルヌイエ』。超がつく一流の高級ホテルだ。

タクシーを降りてすぐ、豪華なロビーに圧倒された。

「うわー。すごい豪華ね」

外国人客のほうが多いくらいだし、洗練されている雰囲気に足がすくみそう。

「茉莉、こうして見ると、今夜は一段と綺麗じゃないか」

ハッとして振り向くと、航輝さんがニヤニヤしながら私を見下ろしている。

「な、なに言ってるの」

クスッと笑った彼は「さあ、どうぞ奥様」と曲げた肘を差し出す。

そこに手を掛けて、私も笑った。

「紗空とエステに行ってきたの」

ヘアメイクもしてもらったし、今着ているワンピースも紗空に見立ててもらったのだ。

「そんなに綺麗になってどうする」

「もう、やめてったら」

軽口を叩く彼にいつしか緊張も解れる。

チェックインを済ませ、まずは高層階のレストランでディナーを楽しむ。

スタッフたちの柔らかい笑顔に、私も見習わなくちゃと気を引き締めて、ステンレスの柱に映る自分の全身を見た。

グレイッシュベージュの上品なドレープのワンピース。靴とバッグは黒で、髪はアップにしてあるから、少しは大人っぽい女性になれたかな？

「お待たせ」

チェックインを終えた彼の腕にまた手を回し、エレベーターに向かう。

「子どもたちったら、ちっとも後を追わなかったの」

「そりゃよかった。訓練の甲斐があったな」

航輝さんの発案で、子どもたちはそれぞれの子ども部屋で寝るようにしている。欧米では一般的なスタイルらしいが、航輝さんもそう育ったそうだ。

慣れない私は少し不安だったけれど、見守りカメラを置いてくれたので、今は割り切って寝ている。子どもたちも一度寝てしまえば、案外平気なもので、ママ、ママと後を追っていた頃が懐かしいくらい。

でも子どもの成長は喜んでいかないと。

案内されたのは、ムーディなロウソクの光が灯る窓際の席で、ウエイターは、そっと《Reserve》の札を外す。

ワインのお勧めは？と聞いた航輝さんは、いくつか提示された銘柄にうなずく。指先の動きに、視線の運び方。声の調子までスマートで、こんなとき私はいつも、うっとりと見惚(みと)れてしまう。

ウエイターが消えると、航輝さんが「子どもたちの成長が寂しいか？」と、聞いてきた。

「んー、ちょっとね」

手がかからなくなるにつれ、もう少し小さいままでいてほしいな、なんて思ってしまう。

「そうか。それじゃその分、今夜は俺がたっぷり愛情を注いであげよう」

キュンと心臓が跳ねた。

そんなセリフが似合うなんて、なんて人なのかしら。

「も、もう、やめて」

妖しく微笑む航輝さんは身を乗り出して、私の頬にチュッとキスをする。

そんなところまで欧米スタイルじゃなくてもいいのに。

「嫌だね。本当は食べる前にベッドに運びたいくらいだ」

えっ？　いったいなにを言いだすの。

前菜が運ばれてきて、話が中断され、ホッとしたのも束の間。ウエイターがいなくなった途端にまた始まった。

「ずっとこの日を待っていたからな」

確かに。結婚式がらみで長い連休をとったのもあるし、このひと月はとくに忙しかった。定期路線審査もあったから、気持ちも休まらなかっただろうし、オフはオフで大空が熱を出したり、慌ただしかった。

体力自慢の彼も、きっと疲れているに違いない。今夜はマッサージでもして労ってあげよう。

密かに誓い、オードブルに箸を伸ばす。

薄くスライスしたパンと、これは牛肉のリエット？　パクリと口にすると、スパイスの刺激と濃厚な旨味が口いっぱいに広がる。

自分では絶対に出せない高級な味わいに、唸ってしまう。

「相変わらず美味しそうに食べるね」

「だって本当に美味しいんだもの」

ほら航輝さんも食べて、とバゲットを差し出すと彼は本当にパクリと食べた。モグモグと味わって「うまい」と笑う。


部屋に入るときはちょっと緊張した。

もしかしたらいきなり襲われちゃうかも？　なんて思ったけれど、実際はそうじゃなかった。というか、私はスイートルームの豪華さに圧倒されて、緊張など忘れてしまった。

「うわー。すごい」

大きな窓の向こうには、輝く夜景が広がっている。

テーブルには花が飾ってあり、ワインやおつまみが並んでいた。

「茉莉、はい。プレゼント」

「えっ？」

あらたまって航輝さんが差し出したのは、小さな箱。

「開けてみて」

ドキドキしながら開けた箱には、ブレスレットのような腕時計が入っていた。

「誕生日おめでとう、茉莉」

「航輝さん……」

私の誕生日は先週だ。翔真が転んで怪我をしたりで、慌ただしく過ぎた。

それでも航輝さんが買ってきてくれたケーキをみんなで食べたりして、十分幸せだったのに、これは……。

どうしよう。うれしくて泣きそうだ。

夢のような夜はまだ始まったばかり。

「今夜は徹底的に甘えていいんだぞ」

「ええ?」

突然そう言われても、どうしていいかわからない。

「君はどうも、甘えるのが下手だな。さあ、座って」

航輝さんは笑って、私に手を使うなという。

口を開けてと言われて、笑いながら開けると、彼はチーズを口に入れた。チーズはラムレーズンの味がする甘いチーズだった。

「美味しい」

なんて笑っているうちはよかった。

次はワインと言われ、どうするのかと見ていると、彼は自分の口に含む。

ハッとする間に、顎をすくわれて。当然だけれど、キスはワインの味がした。

抱き上げられて入ったバスルーム。

薔薇（ばら）の花びらが浮くバスタブからは、夜空が見えた。

飛行機のナビゲーションライトを見上げながら、航輝さんが私を後ろからすっぽり包み込む。

私がマッサージをしてあげるつもりだったのに、そんな余裕はなかった。

繰り返されるキスに、堪らず夢中になる。

「茉莉」

彼に名前を呼ばれる瞬間が好き。

「航輝さん」

呼ばれて呼んで、微笑み合う。

これ以上ないほど肌を密着させて、航輝さんの胸の鼓動を確かめる。トクトクと刻まれる音が、私を幸せにする。

彼の呼吸、肌の温もり。一つひとつを確かめるように彼の体に唇を這わせると、その間にも彼の指は私の体を滑り、隠れていた激情が赤い火を灯す。

「茉莉、俺の茉莉……君に会えて、本当によかった」

貪るような口づけに、気が遠くなっていく。

どうしようもなく、航輝さんが好き。

心の声が聞こえたのか。

彼が囁いた。

「愛してる――君だけを愛しているよ、茉莉」

END

あとがき

皆様こんにちは、白亜凛です。

私のマカロン文庫デビュー作は「無垢なメイドはクールな彼に溺愛される」でした。

そこで登場して以来、私の作品の多くが青扇学園の出身者で溢れています。（実在はしませんが）

青扇学園は、資産家の子女だけでなく、全国から集まってくる俊才や芸能界で活躍する面々が通う一貫校で、クセの強い生徒がたくさんいます。

お気づきの方もいらっしゃったと思いますが、ヒロイン茉莉の親友、紗空はマカロン文庫「政略夫婦の愛滾る情夜〜冷徹御曹司は独占欲に火を灯す〜」のヒロインですし、ファンの皆さんに人気の氷室仁も活躍しています。そして彼らも皆、青扇出身です。

私自身、キラキラ輝く青扇学園ものが大好きなので、書いていてとても楽しかったです。おまけにヒーローはパイロットですしね。

なにしろ秋吉先生が描いてくださったヒーローが、私の想像を上回るイケメンで！

輝く世界が表紙から溢れていて、これぞ青扇の世界だと、ひとり興奮しておりました。

今後も引き続き眩しいほどキラキラした世界を書いていきたいと思っておりますので、どうぞよろしくお願いします。

あらためまして、秋吉先生、素敵な表紙絵をありがとうございました！

そして、出版にあたりお世話になりました関係者の皆様、この場をお借りして心より御礼申し上げます。本当にありがとうございます。

最後になりますが、応援してくださるファンの皆様、この本をお手に取ってくださった皆様、ありがとうございます。

またどこかでお会いできるのを楽しみに、心よりの感謝をこめて。

白亜凛（はくありん）

白亜凛先生への
ファンレターのあて先

〒104-0031
東京都中央区京橋1-3-1
八重洲口大栄ビル7F
スターツ出版株式会社　書籍編集部　気付

白亜凛先生

本書へのご意見をお聞かせください

お買い上げいただき、ありがとうございます。
今後の編集の参考にさせていただきますので、
アンケートにお答えいただければ幸いです。

下記URLまたは二次元コードから
アンケートページへお入りください。
https://www.ozmall.co.jp/enquete/IndexTalkappi.aspx?id=2301

双子パパは今日も最愛の手を緩めない
～再会したパイロットに全力で甘やかされています～

2024年5月10日　初版第1刷発行

著　者　白亜凛
©Rin Hakua 2024

発行人　菊地修一

デザイン　ナルティス

校　正　株式会社文字工房燦光

発行所　スターツ出版株式会社
〒104-0031
東京都中央区京橋1-3-1　八重洲口大栄ビル7F
TEL　03-6202-0386（出版マーケティンググループ）
TEL　050-5538-5679（書店様向けご注文専用ダイヤル）
URL　https://starts-pub.jp/

印刷所　大日本印刷株式会社

Printed in Japan

乱丁・落丁などの不良品はお取替えいたします。
上記出版マーケティンググループまでお問い合わせください。
定価はカバーに記載されています。

ISBN 978-4-8137-1583-2　C0193

ベリーズ文庫 2024年5月発売

『女嫌いの天才脳外科医が激愛に目覚めたら～17年脈ナシだったのに、容赦なく独占されてます～』 滝井みらん・著

真面目OLの優里は幼馴染のエリート外科医・玲人に長年片想い中。猛アタックするも、いつも冷たくあしらわれていた。ところある日、無理して体調を壊した優里を心配し、彼が半ば強引に同居をスタートさせる。女嫌いで難攻不落のはずの玲人に「全部俺がもらうから」と昂る独占愛を刻まれていって…!?

ISBN 978-4-8137-1578-8／定価759円（本体690円+税10%）

『クールな御曹司と初恋同士の想い想われ契約婚～愛したいのは君だけ～』 惣領莉沙・著

会社員の美緒はある日、兄が「妹が結婚するまで結婚しない」と誓っていて、それに兄の恋人が悩んでいることを知る。ふたりに幸せになってほしい美緒はどうにかできないかと御曹司で学生時代から憧れの匠に相談したら「俺と結婚すればいい」と提案されて!?　かりそめ妻なのに匠は蕩けるほど甘く接してきて…。

ISBN 978-4-8137-1579-5／定価748円（本体680円+税10%）

『契約夫婦はここまで、この先は一生溺愛です～エリート御曹司はひたすら愛して逃がさない～【極甘婚シリーズ】』 未華空央・著

恋愛のトラウマなどで男性に苦手意識のある澪花。ある日たまたま訪れたホテルで御曹司・蓮斗と出会う。後日、澪花が金銭的に困っていることを知った彼は、契約妻にならないかと提案してきて!?　形だけの夫婦のはずが、甘い独占欲を剥き出しにする蓮斗に囲われていき…。溺愛を貫かれるシンデレラストーリー♡

ISBN 978-4-8137-1580-1／定価748円（本体680円+税10%）

『別れを決めたので、最後に愛をください～60日間のかりそめ婚で御曹司の独占欲が溢れ出す～』 森野りも・著

OLの未来は幼い頃に大手企業の御曹司・和輝に助けられ、以来兄のように慕っていた。大人な和輝に恋心を抱くも、ある日彼がお見合いをすると知る。未来は長年の片思いを終わらせようと決心。もう会うのはやめようとするも、突然、彼がお試し結婚生活を持ちかけてきて！未来の恋の行方は…!?

ISBN 978-4-8137-1581-8／定価748円（本体680円+税10%）

『離婚前提婚～冷徹ドクターが予想外に溺愛してきます～』 真彩-mahya-・著

看護師の七海は晴れて憧れの天才外科医・圭吾が所属する循環器外科に異動が決定。学生時代に心が折れかけた七海を励ましてくれた外科医の圭吾と共に働けると喜んでいたのも束の間、彼は無慈悲な冷徹ドクターだった！　しかもひょんなことから契約結婚を持ち出され…。愛なき結婚から始まる溺甘ラブ！

ISBN 978-4-8137-1582-5／定価748円（本体680円+税10%）

ベリーズ文庫 2024年5月発売

『双子パパは今日も最愛の手を緩めない～再会したパイロットに全力で甘やかされています～』 白亜凛（はくあ りん）・著

元CAの茉莉は旅行先で副操縦士の航輝と出会う。凛々しく優しい彼と思いが通じ合い、以来２人で幸せな日々を過ごす。そんなある日妊娠が発覚。しかし、とある事情から茉莉は彼の前から姿を消すことに。「もう逃がすつもりはない」――数年後、一人で双子を育てていると航輝が目の前に現れて…!?

ISBN 978-4-8137-1583-2／定価748円（本体680円＋税10%）

『拝啓、親愛なるお姉様。裏切られた私は王妃になって溺愛されています』 友野紅子（ともの こうこ）・著

高位貴族なのに魔力が弱いティーナ。完璧な淑女である姉に比べ、社交界デビューも果たせていない。そんなティーナの危機を救ってくれたのは、最強公爵・ファルザードで…!?　彼と出会って、実は自分が〝精霊のいとし子〟だと発覚！まさかの溺愛と能力開花で幸せな未来に導かれる、大逆転ラブストーリー！

ISBN 978-4-8137-1584-9／定価759円（本体690円＋税10%）

ベリーズ文庫　2024年6月発売予定

Now Printing

『愛の街～内緒で双子を生んだのに、エリート御曹司に捕まりました～』 皐月(さつき)なおみ・著

双子のシングルマザー・有紗は仕事と育児に奔走中。あるとき職場が大企業に買収される。しかしそこの副社長・龍之介は2年前に別れを告げた双子の父親で…。「君への想いは消えなかった」──ある理由から身を引いたはずが再会した途端、龍之介の溺愛は止まらない！　溢れんばかりの一途愛に双子ごと包まれ…！

ISBN 978-4-8137-1591-7／予価748円（本体680円＋税10%）

Now Printing

『タイトル未定（CEO×ひたむき秘書）』 にしのムラサキ・著

世界的企業で社長秘書を務める心春は、社長である玲司を心から尊敬している。そんなある日なぜか彼から突然求婚される！　形だけの夫婦でプライベートも任せてもらえたのだ！と思っていたけれど、ひたすら甘やかされる新婚生活が始まって!?　「愛おしくて苦しくなる」冷徹社長の溺愛にタジタジです…！

ISBN 978-4-8137-1592-4／予価748円（本体680円＋税10%）

Now Printing

『タイトル未定（財閥御曹司×薄幸ヒロイン　幼なじみ訳あり婚）』 吉澤紗矢(よしざわさや)・著

幼い頃に母親を亡くした美紅。母の実家に引き取られたが歓迎されず、肩身の狭い思いをして暮らしてきた。借りた学費を返すため使用人として働かされていたある日、旧財閥一族である京極家の後継者・史輝の花嫁に指名され…!?　実は史輝は美紅の初恋の相手。周囲の反対に遭いながらも良き妻であろうと奮闘する美紅を、史輝は深い愛で包み守ってくれて…。

ISBN 978-4-8137-1593-1／予価748円（本体680円＋税10%）

Now Printing

『100日婚約～意地悪パイロットの溺愛攻撃には負けません～』 藍里(あいさと)まめ・著

航空整備士の和葉は仕事帰り、容姿端麗でミステリアスな男性・慧に出会う。後日、彼が自社の新パイロットと発覚！エリートで俺様な彼に和葉は心乱されていく。そんな中、とある事情から彼の期間限定の婚約者になることに!?　次第に熱を帯びていく彼の瞳に捕らえられ、和葉は胸の高鳴りを抑えられず…！

ISBN 978-4-8137-1594-8／予価748円（本体680円＋税10%）

Now Printing

『溺愛まじりのお見合い結婚～エリート外交官は最愛の年下妻を過保護に囲い込む～』 Yabe・著

小料理屋で働く小春は常連客の息子で外交官の千隼に恋をしていた。ひょんなことから彼との縁談が持ち上がり二人は結婚。しかし彼は「妻」の存在を必要としていただけと聞く…。複雑な気持ちのままベルギーでの新婚生活が始まると、なぜか千隼がどんどん甘くなって!?　その溺愛に小春はもう息もつけず…！

ISBN 978-4-8137-1595-5／予価748円（本体680円＋税10%）

タイトル、価格等は変更になることがございますのでご了承ください。

ベリーズ文庫 2024年6月発売予定

Now Printing

『王子さまはシンデレラを独占したい』 晴日青（はるひあお）・著

OLの律はリストラされ途方に暮れていた。そんな時、以前一度だけ会話したリゾート施設の社長・悠生が現れ「結婚してほしい」と突然プロポーズをされる！しかし彼が求婚をしてきたのにはワケが合って…。愛なき関係だとバレないために甘やかされる日々。蕩けるほど熱い眼差しに律の心は高鳴るばかりで…。

ISBN 978-4-8137-1596-2／予価748円（本体680円＋税10%）

Now Printing

『婚約破棄された芋虫令嬢は女嫌いの完璧王子に拾われる』 やきいもほくほく・著

守護妖精が最弱のステファニーは、「芋虫令嬢」と呼ばれ家族から虐げられてきた。そのうえ婚約破棄され、屋敷を出て途方に暮れていたら、女嫌いなクロヴィスに助けられる。彼を好きにならないという条件で侍女として働き始めたのに、いつの間にかクロヴィスは溺愛モード!?　私が愛されるなんてありえません！

ISBN 978-4-8137-1597-9／予価748円（本体680円＋税10%）

タイトル、価格等は変更になることがございますのでご了承ください。